"极光"世界华文散文丛书

袁勇麟　主编

清寂

〔荷兰〕

林湄　著

海峡出版发行集团｜海峡文艺出版社

图书在版编目(CIP)数据

清寂/(荷)林湄著. — 福州:海峡文艺出版社,
2023.12
("极光"世界华文散文丛书/袁勇麟主编)
ISBN 978-7-5550-3504-6

Ⅰ.①清… Ⅱ.①林… Ⅲ.①散文集－荷兰－现代 Ⅳ.①I563.65

中国国家版本馆 CIP 数据核字(2023)第 192700 号

清寂

[荷兰]林 湄 著	
出 版 人	林 滨
责任编辑	陈 婧
出版发行	海峡文艺出版社
经 销	福建新华发行(集团)有限责任公司
社 址	福州市东水路 76 号 14 层
发 行 部	0591－87536797
印 刷	福建东南彩色印刷有限公司
厂 址	福州市金山浦上工业区冠浦路 144 号
开 本	889 毫米×1194 毫米 1/32
字 数	160 千字
印 张	11.25
版 次	2023 年 12 月第 1 版
印 次	2023 年 12 月第 1 次印刷
书 号	ISBN 978-7-5550-3504-6
定 价	68.00 元

如发现印装质量问题,请寄承印厂调换

总　　序

　　中国是个有着悠久散文传统的国度。作为一个文类，散文在中国文学中占有不可替代的位置。20世纪以来，尤其是第二次世界大战结束以后，欧美传统散文日趋衰落，难以为继，而当代华文散文却长盛不衰。无论是在中国大陆、台港澳，还是在海外，华文散文的创作都非常壮观，形成多元发展、共生互补的繁荣鼎盛的整体格局，堪称世界文学中一个独特的人文景观。

　　中国大陆、台港澳以及海外的华文散文，同属于中国文学的延伸。当代华文散文的发展，离不开历史悠久、传统深厚、成果丰硕的古代散文和日新月异、生动活泼、异彩纷呈的现代散文的滋养。正是在共同的民族文化精神和文学传统的基础上，不同区域的华文散文相互融合，博采众长，创造了在世界文学中一枝独秀的非凡业绩。

中国人移居海外已有悠久的历史，足迹遍布地球的每一个角落。他们不仅带去了中华民族的物质文明，也把灿烂辉煌的中华文化传播到世界各地。华文散文创作，也令人大有"天涯何处无芳草"之感，构成了世界华文文学中一道非常壮观的风景线。潘旭澜教授认为："在世界各地的华人中，散文一向受到充分重视。有很多文化人，将散文作为主要的艺术追求乃至毕生事业。不少学者、诗人、小说家、戏剧家，在各自的领域可以有更大作为之时，也将大量心血与灵性付诸散文。散文作者中，不少人学贯中西，有很高文化涵养，富有创造力。""社会、政治、经济、文化、教育、宗教、地理、风习的不同，文学的历程和处境各殊，造成了散文的丰富斑斓、情调迥异。"华文散文是在中国文学的母体中孕育诞生的，同时又是在不同的社会背景、生活环境、文学土壤中发育成长的，这就使得它们既具有与中国文学一脉相承的血缘关系，相同或相近的语言形态，隐含在语言之中的民族性格、心理、情感、思维方式，以及浮现于语言之上的道德规范、价值取向、人格理想、生活态度、审美观照，又呈现出与中国文学迥然不同的多姿多彩的独特风貌。

我与华文散文的渊源从何时结下的，连我自己都说不清楚。有时一个人凝视着满橱满架的华文书籍，有一种莫名的安定和亲近，好像感觉到如散文家钟怡雯所说的"与书神游"的状态："我通过文字开启深邃宽广的知识世界，同时释放囚在坛子里的书魂。"我能感受到藏在这些华文书籍中的魂魄精灵，那些浮游的心灵，孤独或者喧闹，平静或者焦虑，近在咫尺的呢喃低语，嘈嘈切切的此起彼伏，有种温暖和充实的满足。尤其是散文那种突显自由心性、传达主观体验的文类特征和从容自如、潇洒流利的文体特点，深深吸引着我。也许是缘于对个体精神和生命体验真实态度的偏爱，我逐渐将目光关注到华文散文上。当代世界华文散文有着显卓的成就，前有古人，后有来者，这条文学之途从未荒芜过，因为文人朝圣的心灵未曾干涸，正是这份心灵，一直以来感动着我，在最柔软的心房。

"海外"是一种状态，一种生存状态、生命状态和写作状态。世界各地都有华人的身影，他们有早期因灾荒战乱而离乡背井的艰难探索者，也有后来因求学交流而远涉重洋的孤零漂泊者。他们的故事或许不同，如一曲高低错落的多声部混杂交响乐章，但这其中一定有着一个主旋律，那就是身为华人的烙印—这个深入骨髓的印痕，总在异国他乡落叶纷飞、黄昏幕帐徐徐落下的时候，引发灵魂深处的悸动，于是他们用文字缓缓书写"人类的精神家园"（曾心）。我很难形容那是一种怎样的刻骨铭心，也许真的如彦火说的是以血代墨，"文学家所走的路，是殷红色，不是铺满蔷薇，而是像蔷薇一样的鲜灿的血—那是文学家淌血的路"。我只是在阅读的时候，在与那些文字相遇的时刻，感受到自己心灵深处的撞击，一声声，敲打着我，让我不由自主地走进这片迷园，聆听那番心声。

感谢海峡文艺出版社林滨社长邀请我主编"极光"世界华文散文丛书。华文散文因为它特殊的身份而具有某种程度上的疏离，于是也具有了更自由更任性的文学言说，它是在灵魂深处"与宇宙对话"（林湄），"可以让自己自由自在地飞翔"（朵拉），因此，"造就了独特的张力和自由思考的空间"（陈瑞琳）。正是这种言说，为我们提供了另一种风景，这道风景，永远具有独具一格的文学魅力，在人类的精神天宇之极烁烁闪光。

袁勇麟

2023 年 10 月 19 日于福州

目　　录

第一辑　雪泥鸿爪

第二辑　世态人情

第三辑　我在我思

第一辑　雪泥鸿爪

爱尔兰凯尔斯的奇异羊群

邓莱里（Dunleary）是都柏林东南部的小城，也是爱尔兰的国际机场所在地，由于当天碰上都柏林的国际自行车比赛，我们只好回程时再往都柏林了。

爱尔兰土地面积七万多平方千米，人口当时则只有三百五十万。境内最高山峰是约一千零四十米，大部分是山陵丘地和平原。主要出产土豆、泥煤、绵羊。

夏季平均温度是十七至二十摄氏度，冬季为七至九摄氏度。一年四季天空大多数是灰色的。海岸边海风大，天气忽晴忽雨或不同地带下阵雨，但爱尔兰人不像英国人那么重视天气的阴晴，爱渔产业的爱尔兰人是乐观友善的民族，无论天气如何灰暗，他们视每一天都是好的。

从邓莱里开始，沿西南方向先后前往西部、北部、西北、东部，整整转了个大圈，行踪地区占全国三分之二，看了全国最闻名、最值得参观的古迹名胜。

除了在旅游区或著名城镇参观浏览外，不少时间是在车上的，算是游车河吧，收获也不少。在这里，到处是绿山绿地和绿水，远望山坡，不同的绿编织成块块地毯似的图案，煞是好看。其次就是满目点点的羊群。

山野的倒挂金钟花十分惹人注目，长长青茎顶开着一朵厚重的色如玫瑰的花朵，它是"爱山峰头花"，名副其实了。

一路上，要不是看到散落各地或小聚一起的美丽洋房别墅，可视为这就是自然乐园。

小镇凯尔斯（Kells）处于爱尔兰西南海岸畔，背山面海，景致秀丽。在这里，没有都市的喧闹与紧张，没有密集的人群和功利意识，有的是大海、树木、山丘、草地和那遍布山丘草林中的绵羊。难怪爱尔兰诗人奥斯卡·王尔德说："爱尔兰的风景能令作家产生灵感，尤其是诗人，面对景致，心中诗句油然而生。"

何止是诗人，小说家、散文家、记者也有同感，一旦踏足爱尔兰就能写出许多故事，如作家叶芝、贝克特和乔伊斯出版的许多书中，均描述了爱尔兰的旖旎风光。

人少自然环境好，大海、山脉、青草、河流齐备，令人流连忘返，难怪世界著名喜剧演员卓别林生前在 Traiee（西南海岸）旅行中为此风景着迷了。他在几乎没有什么人往来的海边买了个度假别墅，后来将别墅送给他的女儿。路经别墅，多少感慨、多少唏嘘——真是的，有人一生喜欢往热闹的人群里钻，有人本已鹤立鸡群，则喜欢到无人迹的大自然里……

凯尔斯除了风景点外，还多了个特点，这就是这里有许多特别的羊种。人类虽然种族肤色有别，但面谱和五官轮廓还是一样的。

羊种则不同，颜色、毛发长短不同外，双角形状也不一样，有叉开的、低弯的、高竖形的、无角的、短角的。其中的雅各羊别具一格，长了四个角，两角向后弯，两角半弧形左右相称，雅各羊莎士比亚笔下记载过，是不同凡响的羊。

羊系家谱有二十几种，功用和特点各不一样，有的主要是用来剪毛的，有的专供人餐食用，也有不能吃也不长毛的未驯服的野羊，如波特兰羊。在众多羊种中，有些是经过两类羊交配后生产的混种，如满脸毛发的汉普夏羊。

我关注起眼前的景象。

在宁静青绿如田园画似的广阔山坡上，有点点落落的绵羊，或三五成群，或单独一只在嚼草。据了解全国有 800 万只羊，比爱尔兰 350 万人口多了两倍多。

它们远看如草地上的点点白花，近看则发现每只羊的背部均涂有不同的颜色，如黄黑、蓝白、红黄、红蓝等。原来，颜色就是各种羊群的记号。时值夕阳西下晚风渐凉，分散在大片草地或山丘的羊群如何驱赶回圈呢？我甚为好奇。这疑问直到抵达凯里环（Ring of Kerry）地区，参观了牧羊场主人的"表演"，才得以释怀。

果然大开眼界！原来，夏季羊群就睡在草地山丘上，冬天晚上才需回圈。羊群的回圈过程甚为奥妙——每群羊均有它们的两只"领导"。"主子"是经特别培训的狗（全身黑长毛，前胸与四脚有白毛之记）。平时牧羊人将"主子"套住项绳，需要它们赶羊时，才将其放了。牧羊狗非常机智灵敏。牧羊人手执一条长拐杖，只需口哨就可支配两只狗。口哨声分长短或单复数。如吹一下，两只狗即沿着牧草地边沿的人工特制小道，跑到山上；断哨就是狗要停止活动，听牧羊人下回的命令。

羊群一旦看到"主子"，自然聚合一起听狗的唤声，或聚集一起下山或照狗的意图方向行走。狗的动作是有时半蹲，有时全身贴地，有时只有头部贴地。奇妙的是，牧羊狗尚能将待剪毛的羊或有病的羊，与羊群隔离开来，让它单独行走回家。呀，大地虽各行其道，但，万物皆有灵啊！

回程中，导游说，爱尔兰每年都有狗与羊群的演技表演比赛，奖金可观，牧羊狗的身价自然各有所值。

天赋作家城：丽斯多威勒

1998年7月中旬我们到达爱尔兰西南近海的一座美丽小城——丽斯多威勒（Listowel），入住在小城中心广场旁的 The Listowel Arms Hotel。想不到这个外形普通的旅馆却有着不同凡响的声誉。旅店大门前广场，有两幢哥特式建筑的雅美教堂，教堂附近尚有一口写有"作家泉"的井，这是居民修路时在十五英尺（近五米）深地底发现的一个泉水眼，有五百多年历史。

居住在此镇的老人说，泉水里有特别的物质，喝了令人聪明，启发灵感，造就作家。

旅馆入口处右边有个咖啡室，室内四壁挂有爱尔兰历代著名作家、诗人的素描画。

据了解，爱尔兰政府特别爱护作家，作家不必交著作税，自20世纪60年代教会开始失势及人民拥有福利制度后，爱尔兰作家不必为生存挣扎外，尚享有更宽阔更自由的创作空间，从乔伊斯头像印在十镑钞票上（背面是其作品）可见，爱尔兰政府对作家的敬仰与器重，是其他国家少有的现象。加上爱尔兰宁静的田园风光及宗教意识，令人民对文学有着特殊的情感及对艺术具有永恒的忠诚。

难怪，于爱尔兰短短两星期的游览中，在城市的公园或公共场所里，经常看到路旁的石条或休闲的木椅上，总有手捧着书、露出如痴如狂神情的读者。

我随之联想到爱尔兰现代文学的成就——

王尔德（1854—1900 年）、萧伯纳（1856—1950 年）、叶芝（1865—1939 年）、乔伊斯（1882—1941 年）、贝克特（1906—1989 年）等爱尔兰作家闻名遐迩，其中叶芝、萧伯纳、贝克特分别于 1923 年、1925 年、1969 年获得诺贝尔文学奖。1995 年诗人希尼再次获得诺贝尔文学奖，为爱尔兰文学增光。

眼前的丽斯多威勒，只是爱尔兰人与文学结

"缘"的一个缩影。

亲临其境，自然触景生情啊：唐代王勃在《滕王阁序》中写"人杰地灵，徐孺下陈蕃之榻"，意为人杰所生或所至，其地方也随之出名。

办理好入住中心广场旁的 The Listowel Arms Hotel 后，才喃喃自语："这里与王勃所写的刚好相反，是地灵而人杰矣！"

也就是说，地灵出人杰，自然，与人杰有所接触或关联的一切也享有盛誉，可想而知，这座普通民宿的旅馆早已闻名遐迩。于是，我一面缅怀历史，一面感悟倍生。

原来，这座小城先后出现过四位著名的作家，他们生前均喜欢到这旅馆内的咖啡室，喝多了就躺在店内的沙发上睡觉。渐渐地，这个咖啡室就成为作家的聚会处。丽斯多威勒城因此被誉为天赋才华之城。

我向来对咖啡馆不感兴趣，然而，当天傍晚，却破例在咖啡室喝饮料。

由于尚未入夜，店里人数不多，只有壁炉旁边四位青年乐手在弹唱爱尔兰民乐。他们衣着朴素，脚穿拖鞋，口叼着烟，边弹边摇头晃脑。自由自在，毫无拘束……我问店主，怎么不见作家到来？他说今晚十一点多有位爱尔兰作家，将到此喝饮。

我等啊等，已过十二点了，仍不见人影，只好失望离去。

第二天清早，我在咖啡馆的内旁，看到旧式的沙发上，躺着一位不修边幅，如同流浪汉的男士。招待员说："就是这位作家了。"

他睡得很熟，我站在他身旁，只见他头发蓬乱，衣服不洁……心想，作家就是这种形象吗？自由散漫？没有时间观念？也不讲信用？然转念一想，这样的形象，为什么不能成为作家？灵魂与形体是否一定要协调？抑或，作家，就是天才与疯子一线间的群体？

灵魂相遇：莎翁故居

楚楚是我在香港居住时的文友，20世纪80年代末各自离开香港后就很少联系了。去年8月约见于英国伯明翰算是继缘，遗憾的是交谈中觉得当年她对文学的痴迷已荡然无存，她还多次提醒我走访莎翁故居别期望过高："几幢古屋而已，里面也没什么好看，倒不如先到苏格兰体会下孟德尔松（Felix Mendelssohn）的《苏格兰交响曲》。"我担心到了北部后像90年代初到伦敦因对各类博物馆流连忘返而错过参观莎翁的故居，所以坚持参观莎翁故居后再往北逍遥。

那天蓝天杳远，气温适中，从伯明翰到沃里克郡特拉特福镇，楚楚为了让我多观赏英国田园风光，特驾车于乡间的公路行驶。窗外景致如画，远处山丘上成群的小羊安详地嚼草，浅黄色麦地与宽广平坦青翠的田原上，偶见一棵棵枝叶茂盛的大树孤独傲然地屹立。我为眼前一片素朴、清静、持久、沉宁、和谐的自然景象所吸引，须臾又被时而在路旁的灌木丛中穿梭、时而在平川上空轻飘的云雾迷惑，凝目望之，备感稀奇，不由得想起 1991 年于大英博物馆看到的 18 世纪英国著名风景画家康斯太勃尔的天空系列（Study of Sky And Trees）——如滚滚奔跑的羊群，躺、蹲、跪、跳、奔的小狗，大海飞腾的浪花或汹涌的波涛与潺潺瀑布，还有海天相连、天光铺漏的景象……

变幻莫测的云雾啊，其形、态、幻、妙之图景，让我深感大自然神秘奥妙的同时亦感佩康斯太勃尔的才华与独创。楚楚见我不停地举机索景，无言地让我沉醉在自乐中，直到前面出现一道清凌凌的河水、河畔排列着茅草盖顶整洁有序的别致居屋时，才说："快到了！"我才不由地吟诵着莎翁的抒情诗："天空——这完美的华盖——看呀，这灿烂地悬垂的穹苍，这庄严的屋顶，带着金色火焰的浮雕……"

楚楚"咯咯"一声笑道："多年不见，想不

到你还那么痴迷文学！""你也是啊。""我梦醒了。""我以为你虽改行，仍爱好文学呢！""文学已成了文人商人赚钱的途径之一。""歌德认为文学的衰落将表明一个民族的衰落。"不料她反驳道："昨天你没看到伯明翰市中心的那座奇特华丽的新建图书馆吗？里面可没什么书呀。""哦？"我沿途获得的快乐与遐想，像被泼了一盆冷水。

车子转了个大弯后，楚楚接着说："当下社会不比拉美'巫术时代'的逊色，金钱能使尊卑换位、黑白颠倒、善恶错乱、虚实不清啊。"我理解她的情绪，当一个人命运多舛时怨言总多过颂赞，而真善美和假丑恶永远是现实社会的孪生子，便安慰说："正因为马尔克斯笔下的强盗一夜之间可以变成国王、逃兵成了海军上将、婊子突升为女省长的奇特现象不因社会的发展而消失，所以，纯文学不会死亡啊。"无奈新话题刚开始，车子已停在莎翁故居特拉特福镇的亚芬河畔。

亚芬河清浅明洁，河水绕着多个山冈的低谷流淌，岸边柳条婀娜多姿，一对五六岁的姐弟正轮流从小石桥上往河里跳，听到有人喝彩，越跳越踊跃。莎翁故居就在近处，四周多是中世纪的古屋，外墙色彩条格及屋檐下，均有工艺木雕和艺术灯饰，一切是那么宁静有序，淳朴无喧，惬意舒适，不由联想莎翁童年和青少年时期也许也喜欢在亚芬河戏水或追鱼捕虾吧，他早期的诗作多以歌颂真善美作为写作的最高准则，如那一百零五首率真纯情的诗："美、善和真就是我全部的题材——我的创作就在这变化上演，三题合一，它的境界可真无比……"

当我得意地暗中重吟"境界可真无比"的诗句时，楚楚指着亨利街道右边的几座木造排屋说："那就是莎翁的诞生地。我参观多次了，在对面咖啡馆等你。"我侧身望之，故居门前已大排长龙，连忙快步前往，为能弥补二十多年前到伦敦的错失而高兴。很快地，我买好了门票，照走廊路标经花园小径步入莎翁故居。屋内光线不足，幸好有一缕阳光透过小窗米黄色的纱帘溜进室内。我从一个房间走到另一房间，无论走廊、客厅、房角、家具、睡房、厨房，还是墙上的挂件、桌上的油灯——均像阅读哲学书似的认真观赏与思想。

我走到莎翁的头部塑像前，驻步凝视，金黄色短发、大眼、圆脸，与我以往在纸质莎翁著作内所见的高额两旁雪梨状发型、大眼、八字山羊胡以及不多不少的双腮胡须上吊着的耳环，大相径庭。幸好，哪具头像才是莎翁的真相对我来说，并不重要，感觉上，它们均与街上所见的洋人模样差不多。何况个体容貌与生俱来无法选择，肉体会消失，生命的价值和意义只与灵魂的贵贱美丑有关系。

时值莎翁离世四百周年，其诗文剧作代代流传不衰，每年到此走访者络绎不绝，就说我这位来自东方的文化人，一脚踏入他的出生地，竟然心身缥缈忘乎所有，灵魂像出窍似的与其相遇了，走进莎翁出生卧室看到他用过的摇篮与洗澡盆时，脑海即浮现一位可爱白嫩的婴儿，尚想谁能预测婴儿的未来呢？可不是吗？莎翁成年后到伦敦闯荡时，一会儿流露高雅表情在戏台旁默念台词，一会儿像顽童带着脏话骂人——当我走到他的手稿柜面时，突然觉得莎翁就坐在那张写字台前，不是提笔愤书谴责内讧、批判封建专制的昏君与暴政令英国一百多年遭受内忧外患的祸结，就是运用人文主义思想抨击封建门阀观念、道德沦丧及尔虞我诈的邪恶。我不禁敏感地低声问道："愤书与抨击能改变社会污浊吗？"他笑道："是啊，嘲弄讽刺无法改变旧次序时，我只能以《裘力斯·恺撒》《李尔王》反对独裁政治和批判金钱利欲、败坏伦理、人情淡薄的事实……"此时，我耳畔出现《哈姆雷特》的控诉："呸！呸！世界是个未耘的花园，衰飒极了。野生粗壮的蔓草全然把它霸占。"

没想到，那具莎翁头像的身躯跟随我在他书房和走廊间走来走去，还友善地告诉我，因他父亲是商人、后为市参议员，母亲是富裕地主的女儿，他对官臣权势的实相与社会的不公尤为敏感，才引发思考与创作，二十四岁当上镇长后因心不在商务导致亏损、破产、欠债而入拘留所，后到伦敦先后做过各种事：看管马匹，搬运杂物，传唤演员登场当演员，修改、改编、编写剧本，等等——当他陈述 1592 年遭到著名"大学才子"剧作家格林嫉妒、攻击与排挤时，我即默诵起《鲁克丽丝受辱记》的诗句"荣誉被可耻地放错了位置——不义玷辱了至高的正义",还安慰道:"莎翁啊,你是人间最幸运的文匠,要感恩上苍让你经受那么多苦难,不然你就不是莎士比亚了;你借古讽今,能写会诉,允发表可演出,最终'墨迹长在''万古长青'。可是,别寄望时间与文明会消解你厌恶的假丑恶啊,你所反对的独裁政治和批判的金钱利欲、败坏伦理、人情淡薄的现象,古有今有将来也会有,因为'太阳底下无新鲜事'。"他听后沉默费解地摇摇头。是的,他比我早出生数百年,无法理解我的意思,当我正想补充几句感言时,不料房屋之间的花园空地上传来了《哈姆雷特》的演出对话,我顿从梦幻中苏醒,笑叹自己的痴呆。

楚楚说得对,对于一些人,故居里没什么好看,何况许多实物均是复制品。而两鬓霜白的我却像妙龄少女,何止是忘情或守情,简直像进入一所灵性世界的居室,遇到了有缘又可倾谈文学的师长。

呀,我看看表,快关门了。走出大门,楚楚

已在门侧等候，默默地微笑，好像在等待我的观后感，我说自己喜欢活在精神世界的国度，那么，文学包含人性、社会、情感、命运史实外，还展现了人真实的灵魂如思想、激情、梦幻等。精神是科技永远无法替代的珍品。也就是说，世人以肉体的相遇为邂逅，我更看重人与人之间的灵魂邂逅，它比肉身的邂逅持久与永恒，因为感官可能很快忘记自身的誓言或恋人，唯灵魂时空遇到的知己，伴随我一生一世。

没想到楚楚正色道："莎士比亚不是属于某个时代，而是属于人类的历史；他不受国界限制，是属于全人类的。"她的正经令我表情肃穆，真诚道："是啊，莎翁写出了没入视野的内心世界，然而，四百年过去了，人性没有因社会文明与科技发展而变好，看来《周易·系辞上》的'鼓天下之动者存乎辞'不会过时啊。"

她不再作声了，默默地挽着我的手臂向亚芬河畔走去。沿途看到后人在这恬美静谧的乡间小镇加建的建筑、风物均与莎翁的生平或创作题材相关。我边走边回味刚参观过的几座简朴的故居，它们并无招徕顾客的俏丽外形，也没有像朝拜圣地般令人肃穆和拘谨，倒像是引人进入一座精神宴会的殿堂，从中感受欧洲博大精深文学大师的胸怀与气度，并领会一个民族的精神之所以无法窒息，不是光靠地大财盈，而是因为其拥有更为开阔、成熟、高远、深刻的思想与真善美境界。想到自己生存在这破碎彷徨恐惧无奈的财色权名优先的 21 世纪，偶然的机会片刻的际遇，莎翁精神竟然像一股热流窜入我的灵魂深处，使我参透自己命运所发生过的一切遭遇与伤逝，而依然拥有与莎翁相同性情的美善、正直和公义，操守不旁顾不附庸世态的心志，尊重人的价值与尊严，排除疑惑和倦意，传承荀子"学不可以已"的智慧，继续专于文学，醉于文学，"一以贯之"，直到生命的结束。

我对楚楚说出以上的观感时，她高兴地拍着我的肩膀说："没白走一趟，我就高兴了。"我感谢她的理解与支持，进而思考丘吉尔说的"宁愿失去一国印度，也不愿失去一个莎士比亚"分明是种虚荣"名誉"的护爱。事实证明，莎士比亚不是靠名字使得平均每年有五百万来自世界各地的男女老少到此观光，他的博大精神不仅写出了活在世上的各式各样人物形象，其不朽更是因他绚丽的思想具有穿透时空的能力。

四百年过去了，时间见证了一切伟大文学家艺术家的真谛，他们的名字无须靠世俗高坚辉煌的镂刻装饰物来纪念，其活着时候的体内精神，均在有价值的作品里，不会因天灾人祸而倒塌，而是在时空的史实里，永远显现着他们好思想好诗文发放的光芒。难怪弥尔顿在莎翁逝世七年后，用莎翁生前自写"没有云石和天公们金的墓碑，能够和我这些强劲的诗比寿"作为献诗。

足见，经典的作品使真善美永生，真善美也让创作者与时同存。

巴尔扎克居所见闻

在巴黎，可参观的东西太多了，建筑、艺术、博物馆等等。不是久居巴黎的，只能有所选择，一般人多数选择铁塔、卢浮宫、巴黎圣母院、凡尔赛宫等。

我也不例外，初到巴黎，到以上几处参观后，没时间往其他景点观赏。

20世纪90年代初就不同了，二到巴黎，钢弟知我所好，给了我两个地址，巴尔扎克和雨果居所。

太好了，他们的作品少时就拜读了，眼下就在他们的故居之城，非去不可。

钢弟忙于开画展，无法陪同。我独自面对巴黎，简直眼花缭乱，地下铁如蜘蛛网，不知所措。

无奈，只好与熙儿拿着一张小地图，记上地

铁号码和站名，如此而已。

母子拿着地图一点都没把握，又不想浪费钢弟的时间，只好细心地听钢弟解说一遍，我们母子俩就出门了。

按地铁路线，到指定车站下车，转车时最重要的是记住方向，边走边看边想，顿然开悟，原来巴黎地下铁虽如蜘蛛网，但线路、指示非常清楚，转了两次车便心中有数了。

离开地下铁，又走了一段路，顺利来到Passy。在 Passy，有一条清静且较为宽敞的路，叫 Rue Berron，巴尔扎克的住所是 47 号。

住所在路旁，右边有铁栅，左面墙上有幅巴尔扎克的黑白放大相片（从相片看，巴尔扎克外貌英俊、富有福相），相片旁边就是铁门，进铁门走下数十级石阶，就是他的居所了。

居所是独立式的三层楼（包括地下室），周围是草坪花园、树木，幽静极了。

Rue Berton47 号的房子很大，现今摆设的大多是资料性东西，如相片、书信及一些用品。里面有许多房间，原以为巴尔扎克生前住这么大的房子，一定很富有，看了资料才知道不是如是。

巴尔扎克 1799 年 5 月 20 日生于法国西部杜尔市，1814 年路易十八登位时，巴尔扎克随家人到巴黎。两年后，巴尔扎克在法国学校学法律专科，毕业后在律师事务所实习多年。

他在律师事务所里看到许多人间丑事，决意从事文学创作。父亲因不满他改行，不再给予经济资助。

巴尔扎克从事写作，其间也当过出版商，1837 年有了一点积蓄，便在塞夫勒买下了自己的产业。经济好转后，便开始挤入上流社会，结果在上流社会里发现这里与罪恶世界没什么区别，小说《交际花盛衰记》就是反映了以上的意识。

有趣的是，巴尔扎克一方面看穿了上流社会的真面目，另一方面又受其影响，生活变得挥霍无度，以致入不敷出，负下大量债务，1841 年，塞夫勒住所的一切日用品都被法院拍卖了。

现保存的居所，是巴尔扎克于 1840 年到 1847 年在此居住的。

巴尔扎克只占其间的五个房间（饭厅、睡房、客厅、工作室，客人房），其余房间租给其他人住宿。楼下经常有小孩的吵笑声，影响其创作，巴尔扎克便于1847年离开这里，1910年该楼房改为博物馆，1949年巴黎政府买下作为巴尔扎克博物馆。

在馆内，可以看到巴尔扎克于三十三岁后，和读者波兰没落贵族韩斯卡夫人的书信往来。1834年两人见面。1835年后十几年内再也没见过面。1849年9月再次与她会面，次年3月14日与她结婚，5月回到巴黎，8月去世，葬于巴黎拉雪兹神父公墓，雨果和大仲马为他送葬。（关于两人的爱情故事，哀乐而曲折，复杂又多彩，可以写成一部书。）

雨果故居

1989 年秋，有幸参观雨果故居，真高兴！

雨果故居在巴黎市毕加索博物馆附近。

该处是四面围建的整齐欧洲古建筑款式，由红白砖砌成的四层楼房小广场，入口的左右楼直角处右面即是雨果的故居。遗憾的是，故居传达室里没有任何文字的说明书和介绍本。

雨果故居比巴尔扎克故居华丽皇堂，里面摆设着许多名贵的艺术品、油画、雕塑品等。雨果的睡房里床、柜均像贵族用品。单是圆形的瓷盘，挂满了一壁，可以想象，雨果生前不是穷作家。难怪，雨果生前曾是贵族群里的议员。

维克多·雨果是法国 19 世纪前期浪漫主义文学运动的领袖，卓越的资产阶级民主作家。

1830 年 2 月 25 日，雨果的《欧那尼》在法兰西剧院上演，浪漫主义和古典主义两派观众在剧场激烈斗争，前者获得成功——浪漫主义戏剧压倒了古典主义戏剧。雨果于次年发表了浪漫主义杰作——《巴黎圣母院》。

1843 年雨果剧本《城堡里的伯爵》上演遭到失败，经历了十几年的浪漫主义戏剧也宣告终结了。

数年后，雨果同情无产阶级的六月起义。路易·波拿巴发动政变时，雨果站在共和党人一边。

1851 年底雨果流亡国外。直到 1870 年 9 月法国在普法战争中失败，拿破仑第三帝国覆灭，雨果才结束十九年的流亡生活，回到巴黎。在流亡期间，雨果创作了他具有影响的作品，如《悲惨世界》《笑面人》《海上劳工》等。

《悲惨世界》构思于 18 世纪 40 年代，出版于 1862 年，雨果称其是"社会的史诗"。在谈《悲惨世界》的一封信中，雨果写道："法国某些评论家说我超越了所谓法兰西风格的框框，但愿我对这个称赞当之无愧，我在分担全人类的痛苦并试图减轻这些痛苦。"

雨果对《悲惨世界》中的苦难人生怀有悲天悯人的情怀或许与他个人的信仰有关。

可是，我想，雨果既然有这样旷世情爱的胸怀，为何注重于华丽的皇宫似的生活享受，而不像其《悲惨世界》中的男主角冉阿让为了贫女芳汀而受难一生？可见，人格与文章、创作与现实，永远是两码事。

不一定文如其人啊。

还是中国明代王阳明的心学好，一生倡导"言行一致"的品性啊！

贝多芬故居

波恩虽曾是联邦德国的首都，但人口只有二十八万，街道不多也不繁华。第二次世界大战中，波恩的古建筑几乎全被夷平，偶见街道旁仍保留着古堡的残墙断壁，城内大多是平顶房子，新盖的建筑物，不像欧洲其他地方那么富有艺术特色和欣赏价值，但外墙颜色多彩缤纷，黄、红、绿、灰、白、黑、蓝，样样有。

这里的绿化好极了，到处郁郁葱葱，浅绿、黑绿、红叶，令人心旷神怡。

到波恩的游客，多数都想参观贝多芬故居。

贝多芬生前搬过几次家，后定居维也纳。波恩彭佳斯街 515 号（现改为 20 号）是仅有的纪念所，1888 年，该地区面临拆除和出售的威胁时，有十二名波恩市民发起组成贝多芬故居赞助会，及时买下来并经整修改为今日纪念馆。

彭佳斯街是一条小路，但很干净。20 号是幢灰黄色的三层楼石房，进门后四方地是售票处，跨过门槛就是小院和花园。小院的左边是长方形三层楼房，墙上爬满了青青的常春藤，枝藤爬延至小花园。

第一层共有五间房子，脚踏楼板，发出咯咯响声。第一间放有贝多芬祖父、老师、音乐家的画像和一架漂亮的 18 世纪末嵌有象牙装饰的钢琴。第二间有贝多芬祖先出生地的石版画、铜版画及贝多芬在美歇音乐学校的照片。第三、四、五间置放着贝多芬青年时期的好友、恩师海顿、莫扎特画像以及贝多芬十岁时为宫廷弥撒伴奏演奏过的提琴、风琴等遗物。

沿着又弯又窄的木梯到第二层，这里，有贝多芬用过的四重奏乐器，它是李希诺夫斯基侯爵的赠品，也是贝多芬重要的赞助人之一。另一架钢琴是维也纳钢琴师孔拉特·格拉夫 1823 年为贝多芬特制的，这架钢琴有些音区是四和弦构成的。壁炉上面是奥地利大公爵鲁道夫的肖像，他是贝

多芬伟大的赞助人和学生，贝多芬很多作品为他
而作。

第六、七间房还有贝多芬去世前用过的眼镜，
助听器及临死前三天写的遗嘱和自剪的两绺头发，
通向花园的那间矮小阁楼，则是贝多芬1770年的
诞生地。贝多芬父母自1767年结婚后，就住在这
栋楼里。

近门左边的玻璃框里展出1778年3月26日，
八岁的贝多芬在剧院演出的海报，从那时起贝多
芬拥有音乐神童之称。贝多芬辞世的日子也是
他初次登台演出之日——3月26日。（难得这么
巧啊！）

贝多芬一生坎坷艰难，然而，痛苦与磨难令
他的天才得到更加圆熟灿烂的发挥，他不仅是世
界音乐巨匠，也是人类的骄傲。

而我，感到费解的还是那句俗语——"天妒
英才！"

"黑森林"之旅

在欧洲，度假是一年不可缺少的事。只是每人度假的方式方法不同。有人喜欢晒太阳，那就选择有阳光的地方；有人喜欢自然环境与历史古迹；也有人只想安安静静地休息一番。出走的方法也很多。骑自行车、开私家车到达目的地再找旅馆；或私家车后面拖着卧室车房，到哪里住哪里（卧室车房内就是一个小小的房间，有睡床与厨房等设备）；也有人跟随旅行社观光；还有一种情形就是从报上广告预订一套度假房，到那儿住上十来天或个把月，以住所为中心点，白天四处旅行观赏，晚上回旅馆食住。

有孩子的父母多选择7月份，那时学校放假，一家大小出门无牵无挂。

有人喜欢选择春末夏初，此时万物更新，外

出人少，悠然自在。

喜欢阳光的人便选择冬天南下了，如意大利、西班牙南部的阳光常吸引大批北欧与西欧人前往。

只有小部分人喜欢秋游。此时秋高气爽，忙人被世事缠身，闲适者毕竟不多，交通不拥塞旅馆好找，最重要的是秋色秋景别有一番风味，与春天的浪漫、热闹、幻想相反，给人萧瑟、严峻、肃穆之感。

早听说欧洲"黑森林"具有无以伦比的秋景，20世纪末的秋季，我们亲临其境，真是百闻不如一见。

"黑森林"处于德国西南部与法国交界地带，沿着富热山脉平行而生的林区，范围北自司徒加，西至普福斯罕，南到瑞士边境华尔兹特，长达一百五十千米，其间有不少一千多米高的山峰相连，但因道路宽敞，山路行车方便舒畅。

"黑森林"并非真的是黑树黑山，而是由枞树、桧树、榉树、橡树组成的一大片森林，平日茂盛的林木葱翠墨绿，一到秋季，树叶随季节变化呈现七彩颜色，景致美丽缤纷，如同一幅色彩秀丽的自然大彩画，令人着迷。

　　瞧，莱茵河、莫色河两岸秋景不愧为人间佳境，沿途所见的树林颜色有红、橙、黄、绿、青、蓝、紫，真是精彩，永生难忘。

　　"黑森林"地带除了树林出名之外（德国重要的木材产地），此地尚有河流、溪谷、湖泊、山丘和如茵的牧场，加之空气新鲜、河水清冽、环境幽静，令人心爽。我们从多瑙河发源地往西到达弗赖堡、东北佛罗登司、北巴登·巴登、斯图加特、海德堡。

　　佛罗登司到巴登·巴登有两条重要的观赏风光路线，分别是西部山路与东部平原路。山路云雾缭绕，如幻如梦。平原路更美，除彩色树林外，沿途都是果树，苹果、啤梨、布兰，满地都是，没人捡，真可惜。

　　布雷根茨是"黑森林"旅途中的一座小城，位于奥地利、瑞士、德国交界的波登斯湖东角。布雷根茨从罗马时代开始就是商业贸易港口繁忙地。中世纪时，此地由布雷根茨等两位伯爵统治，1522 年时转为哈布斯堡家族统治。

地理位置特殊令布雷根茨成为国际休闲地，夏季举办的音乐会吸引无数的游客。

全市分新旧两区。旧市区保持中世纪面貌，沿着石阶迎着秋的凉意到达山边，便见到马丁塔，在塔上可俯瞰城墙，有趣的圆形屋顶建于1602年。塔旁边有礼拜堂，内存1363年的壁画。城墙附近尚有索道可登上海拔一千多米的Pfander山。

新区主要是沿湖畔扩建的现代街道，游客除享受购物情趣外，还可参观州立博物馆，内存史前时代到罗马时代及现代的文物。湖畔的"湖上舞台"就是每年夏季夜间表演歌剧的场所。

布雷根茨还是著名的女画家考芙曼（1741—1807年）的出生地。

在布雷根茨难忘的尚有我们下榻旅馆的后面的一家中国饭店，这家中国饭店除门楣上有几个中文字外，外表装潢看不出中国味，看来生意并不太好，但我仍很佩服中国人的精神。

沿波登斯湖北岸畔行走，一面是蓝色平静的湖水，有时尚能看到湖的对面瑞士的景致，即山岳与城市；另一面则是秋季的绿坡、苹果树以及田野里的玉米、田畦整齐的葡萄树。

　　经过湖畔多个幽雅休闲的 Lindau Fried-richshaten、Meersburg、Ludwigshefen等小城，我们转入德国西南的"黑森林"的经典地带——

　　多瑙河，这条我小时候在中国就知道的名河，如今于此寻索其发源处，真是一大乐趣。

　　它位于波登斯湖的西角岸往西北六十四千米远的高原上。因是高原，空气清新，沿途幽静，一片田园美景，绿树、别墅。不但空气好，水也难见的清澈。

　　山坡如同幽雅的小镇，有 Paleis 王宫，现在成了博物馆。馆左边有条清澈的小河，我以为这就是发源地了，河旁的树林树叶色彩多样，萧萧落地，令小道铺满金黄色树叶，煞是好看。我们拍着照，正欢愉时，迎面而来的另几位游客说真正的发源地在博物馆右面。

　　很快地，我们找到了多瑙河的发源地，近前一看，原来，中间有个圆池，可见地底下冒出来的水流与泡泡，哦，这就是多瑙河发源地呀。

　　奇妙是奇妙，但，离我的想象尚有距离，怪

我自己对未见景物好遐想啊。

转身观望，山丘、溪谷、河流，散散落落，每座小城都有一个美丽的故事，如传说中，Mummelsee 湖里有水精，巴登·巴登有世界著名的优雅赌场，自中世纪以来，欧洲贵族富豪每年夏季就到此度假消暑。市内的 Laracalla 就是罗马皇帝卡拉卡拉时代的温泉浴迹。离德利堡一百六十二千米处，还有德国境内最壮观的 Wasserfall 瀑布。

弗赖堡是"黑森林"地区的南方之"门"，市区的主要街道据史料是玛丽·安托瓦内特下嫁法国路易十六时从此城出发途经的，豪华盛大的婚礼队伍经弗赖堡西部进入法国。此外，弗赖堡大学历史悠久（创于 1457 年），存在主义哲学先祖海德格尔曾在此任校长并在此授课。大学东部的弗赖堡大教堂，建于 13 世纪，却于 17 世纪才完工，前后经三个多世纪，是少有建筑工程的漫长时间（教堂内仍保存着 14 世纪精美的彩色玻璃和壁画）。

佛罗登司达特位于"黑森林"路线的中心区，

是 17 世纪后才开拓的城市，但在第二次世界大战中遭到严重破坏，大概受战争的影响，如今此地的居民多信仰新教（"黑森林"地区的居民一般均信仰天主教）。德利堡和南部的瓦得旺根小城是德国著名的钟表工业中心，以制造咕咕钟闻名。

　　了解各小城的诸多轶闻，有助于观赏风景，且能因广见而增识，加深对欧洲社会和文化历史的理解与寻思。

萨尔茨堡与莫扎特故居

萨尔茨堡，位于奥地利维也纳与西欧的连接要道上，离慕尼黑不远，到慕尼黑的人一般也会到萨尔茨堡观光。

到达萨尔茨堡时，烟雨蒙蒙，但游人仍然如鲫，萨尔斯哈河静静地流淌，将整个市分为两半，米拉贝鲁花园一带是新街市，对岸是旧街市。旧街市道不宽，有些街道相当窄小，适合徒步观光。

曾经，在罗马的统治下，萨尔茨堡是个自治市，拥有"龙厅"之称。后来，奥多亚克将军率领东日耳曼军攻破此地。696年，萨尔茨堡人兴建了圣彼得修道院。后来政权渐归罗马教皇。之后的历代大主教就由萨尔茨堡人担任，所以，萨尔茨堡留下了许多宫廷生活的遗迹。

此地古迹名胜较为集中，步入其间，如时光

倒流，走进逝去千年贵族生存的社会环境——著名的赫恩萨尔茨堡建于河岸的山顶，必须乘电缆车上去。1077年，大主教格布哈鲁特为防诸侯的攻击而建，15世纪末开始渐渐成了历代大主教的居所，现仍存有大主教的仪式房、刑房、15世纪初手拉风琴、火炉及中世纪的博物馆等。

从河畔向上望，赫恩萨尔茨堡如天上人间般幽雅神秘，若从堡上往下俯瞰，整个城市历历在目，尤其是旧街市的雷士登孜广场的著名古教堂——雷士登孜教堂、萨尔茨堡大教堂、圣彼得修道院、弗朗西斯卡教堂、三位一体教堂及浓贝鲁克女修道院，与古堡相映相视，如同一幅古代城堡画卷。

除古迹外，萨尔茨堡更令人神往的是格特拉街9号，1756年1月27日，音乐神童莫扎特在此诞生。

我站在萨尔茨堡的格特拉街9号前，观看这幢四层楼房的浅黄排房时，立即将莫扎特生平回顾一番：莫扎特的父亲是著名的小提琴家，母亲是官吏的女儿，生过七个子女，只有莫扎特与姐姐安娜存活。在父亲的熏陶与指教下，莫扎特三岁能奏简单钢琴和弦，四岁能弹简单圆舞曲，五岁开始作曲，六岁开始随父亲到奥、德、法等地的宫殿演奏，受到玛丽亚·特蕾莎女王、英王乔治三世的赞赏。十二岁他在维也纳受到同行嫉妒排挤，父亲便送他到意大利。在罗马时，莫扎特又得到罗马教皇克雷蒙十四的赏识，获赠"金马刺骑士"美称。

在四层楼房的浅黄排房里，保存了莫扎特父亲书房和莫扎特小时用过的小提琴、乐谱、舞台图案以及莫扎特写给情人的书信和亲笔乐谱等。

莫扎特在米兰的演奏，每一曲均获得不断的掌声，甚至一连重复到二十多次。这时他才十五岁，已被推荐为维罗纳的著名音乐学院的会员了。

1771年春，莫扎特随父亲回到萨尔茨堡。此后在故乡的五年多日子里，父子的发展并不太理想。于是1777年，父亲留在原地，莫扎特则同母亲离开故乡，另谋出路。

母子一无所有，在外闯荡谈何容易，几经周折仍然没有找到一个理想的工作，最后在曼亥谟小住，其间认识一位名叫亚丽琪的小姐，莫扎特为了爱情特地到巴黎找工作，依然没有着落，只好重新回到亚丽琪的老家探访她，这时亚丽琪已变心，莫扎特伤心至极，立即回到萨尔茨堡。直到三年后，他在维也纳作了《伊犹美诺》名曲后，才向亚丽琪妹妹居士坦济求婚，并于 1783 年 8 月 4 日结婚。

婚后虽然生活贫穷，却是莫扎特作曲的黄金时期，许多名曲均在此时创作，如献给海顿的弦乐四重奏、《魔笛》等。

1791 年 12 月，莫扎特因贫穷劳累患肺痨去世，葬礼由友人史惟登资助三元一角，六人送棺，半途逢雨而归，棺尸孤零零遗于公墓，不久，病后稍愈的妻子前往认棺，却无法辩认真尸了。

从格特拉街往对岸走着走着，我从回忆回到了现实。这是萨尔斯哈河的北岸，有座粉红色的排房叫“莫扎特之家”，是莫扎特曾经工作过的地方，第二次世界大战时此处曾受破坏，只有部分残存，后人为了纪念莫扎特，称此地为“艺术之家”。

在这里，追思莫扎特的作曲生涯。与别的博

物馆不同，参观无须门票，每人持一移动电话似耳机，当参观者看到一曲乐谱或一幅图，耳机就会自动开启，以你需要的语言向你讲解。

莫扎特生前真正住在此屋的时间并不久，这里不过是他的家人于1773—1787年曾住于此罢了。今人称此地为"莫扎特之家"不过是借名人效应而已，正如维也纳的广场上耸立着莫扎特的墓标和纪念碑。

我由此想到人类生死相同，唯生命的价值有所区别，或"重于泰山"或"轻于鸿毛"。遗憾的是，大多数精英分子、贤人、圣人或伟人，生前总伴随着苦痛、磨难与不幸，甚至还会受到莫须有的屈辱、委屈和打击。假如真有天妒英才，上天为何又独赐天赋予其呢？想来想去，还是出于人的本性吧，缺乏教养或本性偏执者，连成名于年少的莫扎特都要排挤和嫉妒。为何不想想他成就背后付出的艰辛与代价呢？莫扎特啊，"因为他们不知自己所为"。愿你在天之灵原谅他们吧。

坐落山谷的中世纪古城

对我来说"山谷"两字只是自然景物中的一个名词，虽然在小说里看到过有关山谷的描写，但感觉依然生疏。这次在奥地利看到了山谷的真相，实在难忘。

奥地利东阿尔卑斯山岳中间地带是南、北阿尔卑斯山的山谷，逶迤的幽幽山谷如同人间仙境。我们从萨尔茨堡到因斯布鲁克，一路上似乎在欣赏一幅幅美丽的图画——两旁是石灰岩构成的陡峭岩石或翠绿的山峰，山峰间有不少连接的桥梁，白云在山顶缠绕，悠然自得，山下是点点的村落，美丽的别墅前鲜花朵朵。一路上，美景娱目，没有喧闹嘈杂，宁静恬淡，真是世外桃源。

更惊奇的是，平坦宽敞的公路前有时突然出现一座花岗岩质的巨大山峰，车子好像开到了路的尽头，说时迟，那时快，汽车已进入山洞隧道里了，好几十千米长啊，真不容易！

奥国多山，冰河也不少，有的形成冰湖，有的形成河流。小小国家，就有因河、萨尔斯河、修雷河和德拉瓦河等从西到东，河水随山谷流逝，从屋前潺潺而过，为山谷增添特色。时值秋天，两旁山坡不是绿色青草就是多彩的树叶，还有冬季供人滑雪的雪线。可惜才五点多钟，天色已暗，只好在 Werfen 山谷旁一幢优雅的小旅馆留宿。

第二天，沿着山谷我们来到中世纪古城因斯布鲁克。

因斯布鲁克风光绮丽，历史悠久，古迹多，游客络绎不绝，城市不大，徒步观光比坐车实惠，漫步其中，如处中世纪时期。

沿中央火车站往西穿过萨鲁纳街，可见为纪念 1765 年哈布斯堡家族婚礼而建的小凯旋门，其南北侧各有蒂罗尔公爵等人的精美雕刻。附近还有 1725—1728 年建成的巴洛克式宫殿，1863 年为纪念奥地利和蒂罗尔于 1363 年合并而建的鲁道夫喷泉。

最难忘的是中世纪的黄金地带，赫哲·菲利克街附近 1358 年建的哥特式"市之塔"，昔日哈布斯堡家族的蒂罗尔公爵住所——黄金小屋顶（三楼阳台屋顶是由两千六百五十七枚包金箔铜板组成的，是 1500 年马克西米利安一世时期建成的哥特式建筑），二楼阳台栏杆雕有斯泰尔马克、奥地利、匈牙利、罗马帝国、德意志帝国、菲利浦王子、米兰和蒂罗尔王的徽章。

因斯布鲁克位于因河河畔，四面群山围绕。玛丽亚·特蕾莎大道的北面就是诺得克田的层叠群山，山顶白云缭绕，山坡一片秋景，山脚是宁静清澈的因河，令人流连忘返，难怪它是 1964 年和 1976 年两届冬季奥林匹克运动会的举办地。

该城为何如此辉煌呢？说来有一段古——

这里是联结德国与意大利的主要交通要道，1 世纪罗马时期，为防日耳曼人入侵，在此设建要塞。12 世纪后随南北贸易繁荣，要塞地从小村落逐渐发展起来，1420 年成为蒂罗尔的首府。

马克西米利安一世在位时间是 1493—1519 年，他在此建立霍夫堡王宫，此处遂成帝国中心。

1765年玛丽亚·特蕾莎的丈夫弗朗茨一世驾崩，帝国力量日渐衰落。

此时，我在王宫庭园前乘坐旧式马车环城，心想，人创造了历史，历史则引发后人深思——想起1809年的自由战争，如今，Bergisel战场已物是人非了……

我长长地叹了一口气。

如果说博物馆存留了社会历史的众相，王宫则是"特权"的见证。

虽然巴洛克风格的王宫曾遭火灾，但1771年玛丽亚·特蕾莎女王时期重修了，至今仍可见王宫内哈布斯堡家族的种种装饰、豪华壁毯、家私、奇丽天花板画、名贵餐具和藏有死人骨头的艺术品等。

王室金碧辉煌、豪华无比，主人即使到了阴间，也离不开奢侈，连因斯布鲁克这么一座小城，也处处可见与国王、王宫有关的宫廷教堂和种种纪念物。如马克西米利安一世的灵庙和跪像，四周石棺围拢，围绕石棺的是二十八尊王亲贵戚和二十四尊神圣罗马皇帝的大理石半身塑像。

　　令人费解的是，欧洲人至今仍然喜欢君主制，说是他们的精神寄托与慰藉，可是，国王、王室成员与人民相比，并非对国家贡献特殊，只是世袭罢了。论贡献，1809 年攻破拿破仑大军的勇士安德烈·霍华和战士们，墓旁的树已长得很高了，可他们的后代，是否也世袭着英雄的奖赏呢？

　　所谓"寄托"，人民得交税供王室人员享乐，从这点看，如何理解欧洲人鼓吹的民主、自由、平等呢？

历史剪影：罗马尼亚难民

1991年，在匈牙利，令人难忘的尚有火车站见闻。

当我们走在布达佩斯大街时，发现附近的火车站大门人来人往，于是，我们也好奇地走向火车站。

火车站大堂内，靠墙和中间柱子的地上，躺卧一排排人。市容很不调和。

由于语言无法沟通，未能了解真相，我们只在大厅尽头的人行道上来回走动。柱旁和墙角有许多污水和垃圾。两旁躺卧的人，大多入睡了——赤着两双肮脏的脚。夫妇相拥而眠，还有小孩、老人，衣服均朴素古旧。

未入睡的人，好奇地望着我们这些东方人，墙角有位穿着背心短裤、五十岁左右的胖女人，正和两三个男人嘀嘀咕咕，一看到我们，胖女人"喂喂"地叫着我们，伸出一本裸体封面的黄色杂志给我们看。

这时，在另一角落里，有一位青年向我们招手。这位青年向我们介绍一位会讲英文的中年妇女。这样，总算真相大白了。

原来，躺在火车站睡觉的全是罗马尼亚人，目前，罗马尼亚陷入困境，人民找不到工作，商店如洗劫一空般，什么也见不到。约有一百万的罗马尼亚人来到匈牙利找工作谋生。

我们说计划到罗马尼亚去呢，站在她身后的男子连忙摇手说："不要去，千万不要去，以前每个月每人还有五千克的马铃薯供应，现在什么也买不到。"听他这么说，我们真的不去了。

当那位会说英文的罗马尼亚中年妇女和我们交谈时，旁边即将入睡的人接二连三站起来，大家抢着向中年妇女说话，希望她翻译给我们听。

中年妇女应付不了，只好一概而言：人民对新政府极为不满。

几位中年男子躺在用纸皮铺的地上，睁着眼

睛听人说话，任人拍摄照片。

"我的家已四分五散了。父母亲仍在罗马尼亚，丈夫到阿拉伯工作，我和孩子到这儿赚钱。"一中年妇女眼眶发红地说。

天气渐冷，我问："这样的日子还能挨多久？"中年妇女表示不知道。她说匈牙利政府算不错了，不但让一百万的罗马尼亚人到此找工作，还有居留此地的可能。

目前，大多数的罗马尼亚人在匈牙利做清洁工或饭店服务员等。

"你听过中国这个国家吗？"陈小姐问。

"知道。"中年妇女又翻译给身旁的人听，他们均点点头，表示知道。

陈小姐解释道："我们国家的人民有吃有穿，有工作，生活安定。"哎，国家与人民，永远是个不易解答的问题，古今中外如是！

同行的大盛只好劝他们在困难的时候要看到前途，看到光明，不要悲观失望。人民才是历史的主人，要相信历史是向前的。但愿这些鼓励话，对于国难当头、离乡背井的求生者，能起一点作用。

废墟前的默想

土耳其别迦摩山坡石阶下是 Asclepion。这里有条宽敞美丽的石路，石路旁排列着许多石柱，史载这条石路是通往市中心的，城门原先十分漂亮，上面刻有许多文字。

向导艾里美带我们参观石路末端的医院旧址，大家甚感惊奇，医院有什么好看，走了这么多国家，从没参观过什么医院旧迹。

艾里美说："凡到此医院的人都不会死，直到医好出院。"

这就更令人奇怪了。

原来是这么一回事——古时每天都有病人到此排队看病，但不是每个人都能进去的，医生先出来看看，若觉得病人没有生存希望就不让进去，孕妇也不可进去，因妇人生孩子常有意外。此医院只收留心理病或精神病患者。

现存的医院残石断墙、一片废墟，但不少地方仍可寻迹，如医院内花园中心有一以柱子围住的地方，中间又有一短柱，短柱上塑有两条在碗里喝牛奶的蛇。蛇在古代代表健康，被视为健康神（今西欧诸国，医学界的标志是蛇的"形象"）。

院方右角有一剧院，这之前我已参观了土耳其四个古代剧院旧址。规模较大及比较完整的是Devizli后山坡一座剧院（其他的旧剧院已残缺不堪了），除了入场口残缺破损外，U形的层层露天石位仍可容纳一万五千名观众。无论大小剧场，前中座均为重要人物的位子，可边喝咖啡边看表演，后座供罗马人坐，下座供本地人坐。

这个剧院规模不大，石阶座位仍很完好，每条石阶的首尾均有狮子爪似的雕刻，前面空地有块石桌，供人献祭用。

离医院不远的地方是爱奥尼亚，史载它是文化先进、贸易繁荣、故事多多的城市，且有许多名人，如预言日食的自然哲学鼻祖泰勒斯、主张"万物流转论"的赫拉克伊多斯、享誉"历史之父"的海罗特斯、数学鼻祖毕达哥拉斯、"医学之父"波库拉德斯等天才学者……

爱奥尼亚无愧地灵人杰之称。

时过境迁，如今——不可一世的荣华富贵，可歌可泣的壮观城市，最终还是荒漠片片，枯草丛丛。而那些聪明、可敬的天才白骨何在，又有多少人知之念之？

连同那剧场、医院，以及后来接着参观的斗牛场、诸多神殿，虽然内容丰富、造型奇特、历程难忘，然而，当我回到旅馆，躺在床上闭上眼睛，呈现脑海的则是残墙断壁、青苔石头、富贵剪影、一片废墟！连那闻名遐迩的"土耳其浴池"也变成石灰崖干地（土耳其从罗马时代起，蒸气笼浴室就很时髦发达）。

由此想开，我思绪沉重，心头结结，不禁默思——历史悠长，世事无常，生命短暂，是非荣枯，一切都会过去，没有"永恒"两个字，正如《旧约·传道书》所言："虚空的虚空，凡事都是虚空。"只是，活着的人不愿意想这些，而是抱持着对福禄寿和享乐的渴求以及随之而来的无尽欲望、权力斗争、情爱怨恨。唉，一切努力并非有收获，即使有也难保长久，再震撼人心的人、事、物，最终留下的还是一片废墟，残墙败壁，墓边野草。

但转念一想，命运是无法改变的，人若无法摆脱其羁绊则只有失望、厌世与反抗，不但无济于事，也体现不出生命的意义和价值。生命意味着活，"活着"即现实，有现实就有历史，历史是由无数的非永恒性事物组成的，除非地球毁灭。所以，非永恒性的事物虽短暂，但它仍然存在于时间里，让人思考、借鉴。例如从众多的古代露天剧院、斗牛场、圣殿中可以看出——

第一，古人就很懂得享受，各地几乎均建有剧院，听音乐看表演是人生重要的享受之一。

第二，古人已十分注重人的等次差别，根据财权身份决定座位。

第三，排他性的种族观念——谁占领那儿，谁就坐在高位上，虽然是人家的国土，但占领者大可按自己意愿建立适合自己款式、用途的建筑。如以上有些剧院原先是希腊人入侵土耳其时建盖的，以表演音乐舞蹈为主，罗马人入侵后，将剧院改为斗兽场，外面加筑围墙外，正门也改建成具有罗马建筑特色的拱门。

现今有人类的地方，不就有以上的人与事？

"本性"难改啊！

反之，有价值的、美的东西自然延续给后代了，这可从以上医院的设备、治疗方法和处方，看出许多医术与中国古时中医的医疗方法相似。

例如：

第一，脚底按摩——院内有一铺满小圆石的长方形园地，供病人赤脚来回走路，有益健康（脚底压碰石头能治病）。

第二，泥疗——医院内有一泉水，传说喝了不会生病。泉水池旁有一泥地，医生叫病人在泥里浸泡后，起身在草地上晒太阳。

第三，草药——院里右边有个资料屋，医生写明什么病用什么草药（这些草药除本院用外也供其他医院，世界各地医生到此学习研究）。

医治心理病的医生多是神父，园内有一暗道，道旁有泉水流经，病人蒙眼在暗道内慢慢走，倾听泉水的流淌声。暗道顶每隔数步有个小天洞，神父在暗道外对着小天洞说："你会好，你快好了！"

医生常常叫病人到戏院看表演，让病人上台表演各种节目。

以上种种治病妙法不就延续到现今吗？

可见，非永恒性的人、事、物，关键在于有没有"理"。有损的将被淘汰，有益的自会留传下来。记得冯友兰在《人生不朽和鬼神魂魄》里写道："只有理是可称为永恒底。"因而，废墟前的默想，还是有收获的。

跨越欧亚大陆：在博斯普鲁斯海峡上

　　土耳其地跨欧亚大陆，领土包括小亚细亚半岛以及巴尔干半岛，其面积约等于日本的两倍，全国人口约八千五百万。

　　虽跨欧亚大陆，但欧洲部分的面积只有国土的百分之十。亚洲部分北抵黑海，西接爱琴海，与希腊相望，南部与叙利亚、伊拉克接壤，东部邻伊朗、格鲁吉亚、亚美尼亚、阿塞拜疆。

　　博斯普鲁斯海峡是黑海与马尔马拉海间的通道，也是黑海舰队往爱琴海、地中海必经的航道。守海之城便是伊斯坦布尔。

　　3月9日，在土耳其女士艾里美的带领下我乘专车离开伊斯坦布尔市区，沿马尔马拉海岸朝金角湾驶去，沿途右边可见海岸旁留下的古老而残缺的城墙，左边则是红瓦白墙的商店及住宅区。

小亚细亚半岛作为欧亚通道，各民族南来北往、政权更迭频仍，使得土耳其的后裔血统复杂。在这儿，有人像北欧人那样蓝眼金发，有人像阿拉伯人、巴基斯坦人般粗犷高大，也有像蒙古人似的肤色面容。

金角湾中有两座桥，专车经左边阿塔丘克桥进入伊斯坦布尔新区往博斯普鲁斯海峡方向行驶。

这里有联结欧亚大陆的博斯普鲁斯桥，也可通过轮渡过海，我们选择轮渡以便免查过关。因属欧亚通道之地，外来者必须出示护照。我们一队十人，艾里美嫌麻烦，给看守人约五十港元小费。

风很大，我站在轮船的尾部，飘旗呼呼作响，溅散的浪花扑面而来，许多游客受不了下楼去了，我却抖着精神凝视渐渐远去的伊斯坦布尔市区，回味着它的经历和沧桑，思索民族和土地的关系，感受土地在时光流转中浮沉的力度。

那是冬尽春来的季节。1453 年 4 月 6 日，奥斯曼帝国的苏丹穆罕默德二世，率二十万大军和三百艘战船准备攻打君士坦丁堡。自 330 年起，罗马皇帝君士坦丁大帝定都名为拜占庭的希腊城市，之后它便被称为君士坦丁堡，也是现在伊斯坦布尔的前身。

今日所见的伊市护城河及城墙旧迹，就是拜占庭末代君主君士坦丁十一世下令筑成的。苏丹兵士发射每发五百千克的石弹，数万名兵士扛着粗大树干冲击城墙，均被打退。苏丹另一计是用牛皮制活动堡垒前进，近城墙用云梯，但还是失败。这时高级将领纷纷劝和，苏丹则把舰队司令鞭打一番，舰队司令急中献计——买通君士坦丁堡的热那亚商人让兵士混入商船进入金角湾。当时金角湾铁链封锁，一条小船也进不去，买通条件是获胜后维持热那亚商人在加拉大的特权。就这样，苏丹获胜了，攻陷了君士坦丁堡。当亚得里亚堡门的城墙开了个缺口时，苏丹在检阅军队后大声高呼："我给你们一座建筑宏伟、人口众多的古罗马的首都，世界中心，任你们抢劫成为富翁。"君士坦丁十一世在逃离时被杀，奥斯曼士兵入城三天大抢大杀，居民被掳为奴隶，艺术珍品受毁，君士坦丁堡从此成为伊斯坦布尔。

　　船已开到海峡中段，几声叫卖声将我从沉思中"唤醒"。车上的游客均下车到二楼休息厅，或观赏风景，或品茶休息，前侧的咖啡馆服务员端着果汁小食前来兜售，我要了一小杯橙汁十五万土耳其里拉（约十六港元），给了一百万找换，没想到对方以为游客好骗，找了好几张钞票。我被钞票上零的位数搞糊涂了，"个十百千万"地一张张数，倒是老黄眼快，立即说他只给了三十五万，少了五十万。怎么办呢？他要是不承认，一点办法也没有，何况船快到岸了，好在服务员装傻说："对不起！"随后回身给了我五十万。

　　咦，骗与被骗，好与坏，白与黑，像一对孪生子，同源于生命的本相，无论过去与现在……我望着一片深蓝的大海，对着远空的白云，深深地叹了一口气。

皇宫面面观

托普卡匹皇宫是伊斯坦布尔重要的古迹参观点之一。

奥斯曼帝国时期，历经六百多年之久，1443—1843年，托普卡匹皇宫一直是皇帝的住所。

它位于马尔马拉海和博斯普鲁斯海峡旁的高坡，建于15世纪，由于这儿设有一尊大炮Top-kapi，故取名"托普卡匹"。外形像座古堡，外围城墙坚固。

近圣索菲亚教堂以东的是帝王第一门，走进去即中门，前面即第二庭院。这里，右侧是厨房，里头的玻璃器与陶瓷是中国与日本出名的制品，左边有许多纪念品，第二庭院只准男人进去（我好奇，要求进去看个明白）。

第三庭院右边有博物馆，珍藏金银宝石，纯

金王座和镶满蓝宝石、绿宝石的王座，有 86 克拉钻石及短刀上嵌着的三大绿宝石，多数宝物闻名于世。

第三庭院后面是后宫，这是皇室人员生活所在地，有皇帝、宦官、嫔妃的房间及皇帝浴室、皇子睡房等，所有房间墙上均嵌有美丽的马赛克瓷砖。

后宫之后有临海的花园，从花园可俯瞰博斯普鲁斯海峡朦胧云雾后的亚洲属地。

皇宫如此华丽，皇帝仍不满足。1880 年皇帝认为应住在更好的地方，便搬到达巴刹皇宫去，惜只住一时，最后还是回到这里。

身为一国之君，有别于世人的皇宫居住，在世没有几个人了，如此羡煞旁人的地位和荣华富贵，到底能不能满足人心或带给人真正的快乐幸福？了解了托普卡匹皇宫的内情，便心中有数了。

内情包括日常生活状况和男女、家庭生活等。

只要皇帝喜欢的女人，如从奴隶市场买回来、路见美女抢回来等，什么方式方法均有。然而，皇帝喜欢的女子首先得由皇母检查是不是处女，年龄不能超过十六岁，皇母挑出最美的女子给皇帝。

皇宫内有专供皇帝、皇母商量事务的房间，为防有人偷听，皇母皇帝讲话时旁边有自动流水的淙淙声，中间圆顶吊有一大球象征权力。

为了让自己的儿子当上皇帝，嫔妃间常常钩心斗角，彼此暗算谋杀其他嫔妃儿子。14世纪法律尚规定大儿子可杀死其他儿子，到16世纪才改为不可杀，只能将其流放到外岛去。

为了自卫，皇帝本身的日子常处紧张气氛中，如浴室等屋均布置铁栏，生怕被人暗杀。皇宫内的餐厅分石桌与烹饪台，女子不能坐在桌旁，进来拿了餐出去吃。能入女子房间的只有皇帝一人。餐厅后的房间有两面镶金的大镜子，皇帝常常站在镜前看看自己美不美，再进女子房。

宫内有个大厅叫皇帝厅，每晚皇帝坐在高上位，皇母坐在左上中间，其他女子坐下位，这时可欣赏音乐、女子跳舞等，皇帝手指哪位女子，哪位女子就要从一特殊门出去，与皇帝到另一房内共眠，而类似"作用"的房子有四百间，皇帝每次到底选哪个房睡没有人知道，唯有皇母清楚。

皇母房间墙上有来自中国的图画，中间圆顶模仿西方，其中有著名的荷兰蓝白瓷砖、伊兹尼克最大最美的番茄色瓷砖等，门口两边的石柱，左柱若逢地震会自动转动。尽管物质条件优厚，但有些皇母并非满足于此，有权力欲的皇母甚至杀死亲生儿子，自己操权。

皇子的日子并非好过，从出生到十六岁期间只能在皇宫内的一间皇子屋内，在那儿吃、玩、受教育。十六岁离开这房子后再也不能回来，直到父亲去世为止。皇子房间并不太大，但装饰名贵华丽，屋顶是皮制的图画，16 世纪至今没动过，仍完美无损，窗玻璃也是世上数一数二的美雅，但，这种"囚徒"式的生活就是王子幸福快乐的表征吗？

进入皇宫的女子先接受两年教育，学唱歌、化妆、跳舞、弹琴、服侍皇帝等课程，学完的女子叫柯达利士，此后才有自己的房间，也有机会见皇帝。

类似的此类房间有数百间，并非每位女子都

有机会见到皇帝，于是女子们千方百计想办法吸引皇帝，希望有机会见到并被看上，除了有好环境的大房住外，皇帝还会常常到此，而且若生了儿子就是四个老婆之一了。

传说有位从苏联来的女子叫罗西利那，十四岁进宫，两年后成了优秀女子，她天天站在窗旁望皇帝经过，有天皇帝叫人带她给他看看，罗西利那说还没化妆而拒绝之，失一良机，从此她再也见不到皇帝了。

皇宫内有一泳池，嫔妃每天在此浴身。皇帝在上面露台上欣赏，并丢下金块给女子抢接，皇帝视此为娱乐节目之一。

有人不解，女子入宫后不能外出要金块干什么？原来皇室规定，女子若在此三十五年内均无与皇帝睡过觉，那么女子可挑选皇宫内的军人结婚，国王这时也会送礼物给她，作为嫁妆。

但不是所有女子都甘心寂寞三十五年，从下一例可知——入门内可见黑人人模，宫内的黑人按律必须是宦官，作为保护女子的卫士，如陪伴女子等，如此严规，宫内还是时有黑孩子出生。

　　皇宫，皇子，皇母，嫔妃，其权势与物质享受非常人所想象，但有多少人思及荣华富贵也不及百姓的快乐与自由呢？这或许就是"不公平"世间的"公平"。

街头艺人

欧洲大陆处处充满艺术气息，每逢节日，戏院常有演奏会，夏季的露天广场，常常看到木架搭起的舞台，各式乐队演奏，听众一面享受日光浴，一面欣赏音乐或喝咖啡，一坐就是几小时。

在荷兰，道路边的小广场或运河旁，常常看到独具特色的街头风琴车，琴车的外表就是一种艺术品，绘上各种彩色和动画图像，车内有自动钢琴，琴车边唱边走。据荷兰史料记载，风琴车于三百多年前就亮相于街市啦。车上装上一具音乐箱，乐箱是纸板加孔加工制成的，一人负责摇转音乐箱，另一人负责拉车，车子停下时，拉车的人便伸出倒帽或铁罐，希望过路人赏小费。

小费是捧场的意思。车主手持小铁罐向行人乞钱，愿不愿赏赐由你，不少商店老板或住家老人，听到歌声便出门往小铁罐放点银钱，若遇自己喜欢的乐声，赏赐便多点。车主收到小费，必在赏赐者的商店门口或住房门前，多停留一段时间放唱。

关于音乐，一般多属基督教徒唱的圣歌，近年有所改变了，居民可自己点选歌曲交车主，车主尽量满足听众要求。有人认为车主靠琴车唱卖维生是高级的乞丐。这就显露以己度人的心态。

事实并非如此。不少车主年岁已不小了，他们靠老人福利完全够生活，每天为琴车忙为琴车累，完全不关"钱"的事，纯属一种爱好和情趣，也有人视之为一种生活的艺术。

当然，世间确有不劳而获的人，使用抢偷骗拐等不法手段的人有的是。他们令人生怕令人恶心，且自身也不一定得到好处或快乐，倒不如学以上车主，想想办法当个高级"乞丐"，岂不益人又益己？何况，让人开心又娱神的人，接受一点小费，也是合情合理的，何为乞丐？

街头艺人大多是五十岁以上的男士，持有市政府发给的执照。年轻人虽不太喜欢继承此业，却很喜欢街头风琴声，视它为民族艺术（据说目前全荷兰风琴车只剩下七十台了，设备方面也以手摇改用马达，演奏时间一般是三十分钟）。

风琴车多是边走边奏，很少在一个地方待得太久，因为有些老人和妇女，不喜欢吵闹声影响他们的睡眠或休息。

常见的一些独奏艺人，以吉他或其他乐器，在街道旁或商店大门的角落演奏，不论是吸引来三五成群者，还是没有听众驻足，地上均摆着一块布，希望过路人赏币。

有天，我于某市的街上行走时，看见墙角有位中年艺人，头上、嘴里、手上、脚下均有乐器，分别轮换使用。无奈，不知是因为冬天风大，还是此艺人演奏的音乐不太迷人，我站在街旁观察良久，没有一个人投给硬币，而艺人呢？毫不丧气，越奏越起劲，简直是手舞足蹈了。

后来听友人说，这个卖艺人有一段不寻常的往事：年轻时有一位心爱的女友，彼此感情融洽，正当谈婚论嫁时，女友因车祸丧生。从此，青年万分悲痛，辞去工作，天天演奏那首女友最爱听的歌，不久，还自写自编自唱一首"寻找"歌。

我由此想到，短暂人生，阅历各不相同，有人一生通达，更多人的心底包含着说不清写不完的悲欢哀乐之曲儿。

唉，街头的艺人啊，有谁理解你？

小野鸭

初春，清晨，我漫步于近居所不远的柏克湖畔，碧蓝的湖面在春风吹拂下潋滟闪烁，心儿为之一爽，再看看左面青嫩的草地上，有只黑毛红嘴的小野鸭一蹲一跃，我好奇地走向它。

哦，小野鸭，你什么时候受伤了？

当我驻足察看后，知道你已失去了一只脚。

不知是群鸭离弃你，还是你自己不愿随从。你独来独往似乎有一段时间了，我日常几乎不是早晨就是傍晚来到湖畔走路的，怎么就没发觉呢？

曾记得，在阳光明媚、晨风习习、湖面如镜的日子里，小野鸭，你悠然自在地在湖边浮游，偶然向天空仰起头，长嘎一声——

是呼唤，是叹息，还是你的独唱？

当乌云密布、雨打风急、湖水如涛的时候，小野鸭，你默默地躲入芦苇丛中，拍打着你的嫩翅，依着芦根静思——

是胆怯，是软弱，还是力不从心？

在浓雾沉沉、四处茫茫、水天相连的日子里，小野鸭，你轻易地跳上岸，在灌木丛中，寻寻觅觅，跳跳索索，唧唧作响——

是饥饿，是孤独，还是求人知晓？

不知为什么——在湖畔一群群各式各样的野禽中，小野鸭，你不美，你不壮，也没什么诱惑人之处，我之前对你"言""行""举""止"的不屑是因为我自己被烦恼的琐事抹糊了心镜。但，此时此刻，即我静心观看发现你的肉身缺陷时，耳畔竟然响起了造物者的声音："没有隐恻心的，是多么可怕。"

不，我天性良善，富有同情心，我若不怜悯你，是不会得到美好的福报的。

你的出现，难道是对我的一次试探？

自此，每天清晨，我经过这里时均会静静地坐在木长椅上，手抓面包碎等食物等你的到来，可是，小野鸭，你到哪里去了——做客，生病，还是闹情绪？

我不信，期待也是一种耐心的训练！小野鸭，我要见你，你还小啊——为了我心中的那份惆怅，也为了不让"怜悯"责备我。

"你不来，我放置的食物很快会被你强势的族群吞食啦。"我低声地呢喃。

一天又一天，我等啊等，有天，同样坐在那张长木椅上，忽然觉得小腿被什么东西触动了一下，哈，你竟然在我的椅脚下出现了，真是稀奇啊，小黑珠似的双眼挂着泪珠儿，对着我，微微咔嘎……

小野鸭，不要难过，不要忧伤，不要自怜。

谁说你没有知音？

我不是在等你吗？谁说你没有灵性？你天性里对爱与恨、怜悯与残暴，比人类更敏感呀。

你知否？在我和你的接触中，你纯洁、胆小、彷徨、无助的灵魂，早已点燃我安康身躯内的一点火烬。

在你身上，我发现你具有与我同样的渴求与

希望，这种灵性无须用语言来表达，却让我加添一份新的领悟——这次我你无约的邂逅，是你帮我更加清楚什么是生命，什么叫作尊重与敬畏。

芦　苇

你不像那多姿多彩的繁花，招蜂酿蜜；也不如坡上的那些大树，顶天立地。

在诸多的风景里，你少有童话、缺乏故事。

然而，你从来不在乎世俗的眼光。

但我却喜欢揣摩你：冬季无妆的粗野，夏日碧绿的柔情。

原来，粗野是"代价"的影子，"绿盈盈"是奉献者的笑容。

一年四季，我常常在湖畔漫步，在我的诗里，你是春天的繁花、夏日的凉扇、秋天的油画、冬日的笛子……

你总是坚守故位，无屈于喧哗的诱惑、湖水情绪的干扰……

在这晚霞迷人的黄昏，我又向你走去，一边

是悠然自得的水鸟，一边是湖边木桩浸透的清凉，我沉醉，我痴迷，品味你的沉默，咀嚼你的劳苦，渐渐地，在那湖光十色的倒影里，看到你宁静安详的姿容。呀，我的心湖也随着恬适清凉起来……一朵焦虑的花重展生命的甘露。

哦，分量不看轻重，素质无关名位。

但，起风了，乌云姗姗而来，水鸭闭上了眼睛，飞鸟回巢，小草起舞，湖水欢欣……

你，默默地，承受着风雨袭击……

我坐在湖畔木椅上，久久地凝思你受伤躯体里隐藏着的宇宙秘密："压伤的芦苇，他不折断……"

我终于成了你的知音：它岂止简单、飘逸、素朴与真诚！来吧，风雨、黑暗与挑战！

"压伤的芦苇，他不折断……"

绿意（外二则）

春又到了，在荒地，在树梢，在眼见之内。

绿也来到我的门前，墙前阶后，弥漫着绿的情意，绿的问候。

走出感伤的季节吧，请注意新绿，因为它的宁静，才显出花的活泼；因为它的无语，才有花的喧闹；又因为它的清色，才令繁花撩目。

它——经过死亡的幽谷，冲出层层的阻碍，重展生命的力量和奥秘。

我惊喜地打开门，俯下身，捧着绿，吻着它，为它欢欣，为它歌唱……

绿使无望的世界，有了生机；令愁苦的面容化为花朵，增颜添色；让枯竭的小溪涓涓细唱……绿啊，你从不灰心失意，总是将哀伤愁烦转化为优美的诗境。

我托着腮，看着绿，想着绿，爱着绿，端详这浓浓的意，油油的青，碧翠翠，郁葱葱。

怎么一回事啊？绿！

绿叶绿草绿枝，就是没有绿花！

绿没有回答，沉默温柔地笑着。

呵，绿，你是美、你是善、你是真，也是生命的实质和牺牲的代称。

没有你，还有什么美丽奇艳？谈得上什么衬托和比较？

在你面前，我扫落了空寂、失望和沮丧。

绿，别客气，我要将你接进屋里。

我的世界虽然很小，但有了你，生命显得无边无际、快乐而充实。

新绿

后花园又绿了。尽管冬不是昏睡，它在沉思，在孕育新的鲜美，然而，漫长的冬日令它失去欢容，萧萧枯草带着泪的露珠……

是春天改变了它的面貌。

沉静饱满的种子，默默的归隐、沉沉的积蓄，它的结局不是死，是新生，是绿，是圆满，是人间的绿妆，宇宙的奥秘……

云雾弥漫的静院，在三月的细雨中，悄悄地变了……泥土在细语，绿芽在萌动，"欲"与"望"通过诗人的心灵，慢慢茁壮，在琴里延伸，在歌中舒展。

行人哟，你看到吗？脉脉的新绿，点点，片片，它在跳跃在朗诵……它的脸望着你，向你招呼，向你鞠躬，恳求你的注重和抚摸。

睁开困眼吧，别浪费了绿的意义，它能娱目也能娱心。

生命是绿的，也是我的。

我从厅堂出来，接受绿的召唤，花的鞠躬，树的祝福。

不敢落脚，怕践踏了绿的英灵；

满怀心思，岂敢轻视绿的使命。

于是，蹑着脚尖，沿着篱笆巡视，在每一个角落、每一种香气里，闻到你的馨香，看到我的希望。

绿啊，我的诗歌。我的生命。你谦让却不灰心丧意，即使身处荒废倒塌的墙角，仍展现出欢愉的笑容，你是希望，你是安慰。

爱伴你而来，果实也任你予取，但不要忘记飞出记忆的天地，过去是现在的母亲，如同绿是冬的新儿。

后园虽不广阔，你却无边无际，覆盖了我的住所。

新绿在我的眼前，也盈绿了我的心。

不要悲观，不要失望。

瞬间，我倦意的眼睛，满含着希望的泪花。

绿情

住惯了"人多""房多"的香港，来到这一片绿的世界，生命似乎得以更新和延长。

绿是地球的外衣。没有人不喜欢。

它如"生机勃勃"的生命，又像一把大伞，

浓荫蔽日，保护生命绵延生长。

它是英灵，它是象征，是生命和自然的和平使者。

屋前屋后，路旁山前，到处可见片片的绿，浓浓的青。

那天，在夕阳西照，行人稀少的时候，决意享受一番绿的美意——哦，眼帘内的绿树、绿水和绿坪……

小熙不忍心踩到绿草，说愿变成一只牛，嚼食这绿粮。

我说："小诗人形容得多妙啊！"

他随之在草地上滚呀，笑呀，喊呀。那只毛茸茸的小白狗也学着在草地上打滚。

我坐在绿毯上，揣摩这葱翠茂密的绿为什么长年不枯。看，那草间丛生的小花，白的、黄的、紫的，抢着绿做背景，衬托自己的美丽！

于是，我不由得地伸手摘一朵小花。

一股清香扑鼻而至。

小熙说："你也像小孩似的。"

"我为什么不能像小孩子似的？"小时候在绿坡山间摘过一朵小红花，揉碎后当胭脂擦在双颊上回家呢。

然而，现在，我要摘什么呢？黄的、紫的或是小白花？

不！我要拔除心头的黄草，栽植这眼前的不死草，做生命的底色，令心田日日、月月、年年地绿，永不掉色！

梦幻岛

从日惹到巴厘岛，每天有数班飞机。机上多是欧美日本游客。巴厘岛名气全是外国游客造成的。至今，仍有许多外国人只知巴厘岛而忽视了印尼，甚至在旅游印尼时留下传言——不到巴厘岛就等于没去过印尼。说得这么神秘莫测，不去似乎有憾了。再翻翻旅游资料，什么"南海乐园""神话艺术之岛""梦幻岛"，美誉多多。

到底这个小岛有什么独特奇异、诱人魅惑的地方？恰巧，一位来自巴厘岛的女士说，巴厘岛原是荒岛，与外界几乎隔绝。岛上人生活原始。

女性从小就练习用头顶载物，成年后，顶托数十千克重物，走路自如，甚至有不少女性一面头顶载物，一面骑自行车，像魔术师般轻巧。第一批到岛上的外人是印度教人士，之后，印度教逐渐传入，时至今日，全岛的印度教寺院多达数万座，几乎每天都有奇特古老的神祀祭典。

印度教节日不少，教徒虔诚，常为节日而忙碌，单说9月至10月，数万个寺庙前不停有人祭物顶拜。

祭拜物除竹削的种种飘物和特制食物香火外，还有鲜花等。

每次经过寺庙地附近，均见用竹编成的小盒上放置各色花瓣，然而，令人费解的是，有些商店门口两旁的石雕狮子、麒麟等动物的嘴里、头上，也放上花祭。

祭品之多之繁，菜场上可见一斑。虽然制作简单，但其数量质量多过好过蔬菜食物。

我对朱先生说："此地尚很贫穷落后，节省金钱，用地建设，不是更好吗？"他耸耸肩，笑而不答。

事实也是如此，请看郊外一景。

时值初秋，正是收割时期，熟黄的稻田里，时见农妇在劳动（大部分看到的是女性）。

她们衣着朴素，有的十分褴褛，操作方法古

老——弯腰割稻、打穗，用圆箕扬空壳，利用风力扬尘……与机械文明社会相比，真是不能同日而语。

西方老外见之尤感兴趣，他们好奇地下到农地里拍摄文明社会看不到的"原始"。农妇们常常利用此机会向他们索钱："我让你拍照，你给我钱。"在她们心目中，游客必定是富翁，可是，若有人给了一位，其他的农妇就会围过来向你要。

东南亚的游客就不同，心想，这有什么好拍呀，老土得很。他们心目中想拍摄留影的是风景优美、先进文明的东西。

为不减游兴，老江先生特别邀请两位当地人同往，一是飞机驾驶员（适逢度假期间），二是本岛女子。

巴厘岛有高山、丘陵及美丽的海岸，为搭配观景，决定作三路行。

三路成川字，即贯穿全岛南北。

我们下榻于游都丹巴刹市。该市位于巴厘岛南部，人口约两百万，是该岛上人口最为密集热闹的地方，也是市中心市场之地。

本以为中心地方便于游历，没想到一夜不眠，眼睁睁盼着天亮——原因是街道上整夜车水马龙，汽车声、摩托车声、嘟嘟响，还有叮叮当当的闹声、噪音又杂又乱又急，当地人已习惯了，照样呼呼大睡，而我这个异乡人一夜未眠。

凌晨四时，老江就叫醒我们，说是到东海岸边看日出。

在 Gadjahinada 路，便看到饶有风情的早市景象：乡下的水果菜贩，连人带物拥挤在面包车内，运往菜市。道旁的女性头顶载着各种南国水果蔬菜，为早市增添风情。

可谓商贸云集，热闹非凡，尽夜如是，无怪乎不习惯的外来者被吵得合不上眼休息。

从丹巴刹开始，由以猴祠闻名的圣哥和缅格威组成的岛内中部南北线。

有江导游带领，又有一份放大的巴厘岛地图，除收获不小外，感觉轻松有趣。

过了 Kapal，往西南著名的 Tanah Lot 观赏"岩石寺院"。"岩石寺院"位于海滩石岩上，远远望去如同陆地之外的海上建筑，寺院由两座高耸的黑塔组成，配以灰黑的海岩、汹涌的海涛加上海岸上的荒草枯石，有股原始悲壮的苍凉感。

从 Tanah Lot 再往北驾驶不久就到了布基特沙里森林的圣哥。森林中有数以百计的野猿栖息着，上上下下、进进出出跳跃，不怕生人，反向游客索食。森林的树上停息寄居着无数的黑蝙蝠，白天倒挂在树枝上，黑蝙蝠如片片奇特的黑色叶子。

在 Margarana、Penebel 及老江的老家 Pacung 往北的 Baturiti 小憩，吃自助午餐。（可惜该自助餐不像香港不断增添食物，迟吃时东西又少又冷。）餐后到 Bedugul 地，附近有个 Lake Bratan，湖旁除兰花寺院闻名外，西岸尚有高原休息地，日本人建的，我们在北部海岸的 Lowina 留宿一夜，清早起来，海风习习，沿着海滩椰子林漫步，心宽意爽，甚有诗情画意。

酒店的建筑并不豪华，具有南国风情味，如住家别墅，门前窗下吊有木雕艺术品，入夜后，草坪蛙声片片，四周静寂，与自然共晤。

到此地观光的多是澳大利亚游客或欧美人士。

令我奇怪的是，在我到过的任何国家里，经常碰到荷兰人，这次也不例外，短短数天，竟然碰到好几对荷兰夫妇，其中有一对年轻的荷兰夫妇的荷兰住址离我的居所步行只需几分钟。只是他们的游玩方式与我们不同，他们到了巴厘岛，便向当地租借自行车或电单车，自由无拘无束地东走西去。有一次老江看到一老外驾驶的摩托车后轮漏气了，便主动停车招呼坐在摩托车后面的女性上车，叫男士跟随车后，带他们到汽车修配站外，为防他们受骗，特别用土话与店主交谈，店主立即便宜了一半价格，荷兰游客感激不尽。

在 Besakin 的印度教大寺院前，负责人往往不让老外进入圣殿，老江见此景，又上前帮忙说了些土话，主人当即说："请进！"巴厘岛的人情味，可见一斑。

从东 Lowina 往西，有闻名的温泉和最大的佛塔，再回头往东走，经过 Singaraja 来到 Air Sanin 午餐。餐厅建于海滩旁，一面饮食，一面欣赏湛蓝的大海，还有摇曳的椰树林，算是难得的悠闲享受。

午后，我们朝东南方向的亚根火山驶去，那里有全岛寺院的总部，也是最高最大闻名遐迩的布撒基寺。

该寺历史悠久，约建于 1 世纪初，全寺呈黑色，大门中有一数百层高的石阶，沿石梯可上顶寺，从顶寺眺望，可见另外三座分寺。老江说朝往者必须虔诚肃穆。

他买了香烛，寺院主人十分高兴，带他朝拜，旁边的主子以为我是随从者，送给我一朵大红花，叫我跟随朝拜，我摇摇头。

布撒基附近就是亚根火山，最近一次爆发是在 1963 年。除了山顶的湖是火山爆发后遗物外，四岸仍可见方圆几亩大量堆积的熔岩遗迹，甚为壮观。为观火山，晚上特别于山顶湖旁住宿，九点钟光景当地村童带我们到邻山山顶观火山爆发，果然不错，亚根火山山腰有一突口时时冒出又高又红的烟火，隆隆作响，令人触目心惊。

亚根火山湖岸空气新鲜，气候凉爽，在此避暑实为快意。当地人吃的鱼，也是从湖里打捞的。

由于到此游玩的游客络绎不断，附近的居民颇为聪明，纷纷在湖旁建起小屋，以供游客使用。

小屋一排排，是农民自己建造的，里面的套房有热水供应，可能安装技术没过关，热水时有时无，冷热不调和。

每套房收费一百港元，在当地算很昂贵了，因当地普通工人月薪三四百港元。近年来，湖畔的房子越建越多，前前后后、长长短短均有，还有数家饭馆，生意竞争激烈了，老板必动动脑筋才能有所获。

我们留宿的那位老板，外表像农民，又黑又瘦又难看，穿着也很随便，但颈部、手腕却戴着又粗又大的金链，我笑道："你好有钱呀，这么大的金链。"他嘻嘻地笑了笑，态度和蔼友善，说些简单的英文，很会做生意哩，即向我们推荐了一套住家制作的巴厘岛乡土名菜，说得头头是道，但，真的吃起来并无特色。

南下时于 Bukit Jambul 午餐，经 Klungkung 看古时候法院旧址，再折东到闻名遐迩的马斯村看木雕艺术品，路经大象洞就到了美人浴。关于

"美人浴"，"巴厘岛王子"说，不论时间多么紧张，"美人浴"非去不可。

"美人浴"位于旧总统苏加诺休憩别墅附近，站在别墅山坡右旁高处便可望及，虽看得不太清楚，但外来游客多到此处观赏。

还有这么一件事——

这里位于山顶，水源不足，居民用水有困难，天天洗澡更不容易，后来，有人在一山泉下筑几个井字形储水池，山泉流入储水池供人洗澡，池下有一小洞通道，这样使来者不觉水脏。久而久之，每天傍晚，村民便带着浴巾到此洗澡，大家泡在池水里，全身赤裸，也不怕外人观看。上池时，下身围着浴巾，上身"曝光"。

说是"美人浴"，其实是女性同堂洗澡，不分美丑老少。隔一墙就是男人浴地，水从墙上水龙头流下，游客同样可观赏。

"美人浴"附近，有一旧官邸，是苏加诺总统的别墅 Tampak Sing。

说是别墅，也算是官邸。官邸旁有中国国家领导人曾经留宿过的楼房及印尼高级官员宿舍、记者留宿套屋等。

别墅正门的左边有座四面通风的遮顶大堂，大堂分舞台及观众位，苏加诺总统曾在此观赏各族舞蹈表演，并常在舞厅与来者交舞。

四周是平坦如茵的草地，还有小丘，面积达数十亩。据说当年苏加诺曾在某一小山丘上用望远镜观赏"美人浴"现景。

最值得一看的就是苏加诺会见美女的旧宿地。里面装饰华贵，宽敞幽静，苏加诺爱美女多过爱权力，常常在此与美女相晤。

观日落

　　泰国西南部的普吉岛，令我难忘的并不是闻名遐迩的攀泰度假酒店附近的夜市。那里热闹非凡，酒廊、酒吧、咖啡馆、海鲜馆以及络绎不绝的游客……心想，眼前五光十色、觥筹交错、歌甜人醉的热闹场面，与号称世界四大佛国之一的"庄严"有点"相映成趣"。

　　倒是在普吉岛西面半山观日落的情景，令我难忘。导游说："天气很好，准赶上看日落美景。"

　　于是，游客纷纷坐在山上公园宽矮的石墙上，欣赏万顷碧波及映照海面的黄灿灿光泽，等待日落。

　　A君摇动双腿，指着远方碧海的一点小帆说："看，那小帆正迎着落日划去。"说得大家哈哈大笑。

"不是啊，渔民哪里稀罕观赏日落？"B君说。

"你盯着太阳，它就不动，稍不留意，它就落下了。"A君答道。

"瞧，海面也有一个金球。"B君指着海面"浮现"的太阳说。

太阳若隐若现，有时，阳光透过云层像金丝般洒落大海，万顷碧波如同镀上一层薄金。有时，太阳像洒下一条宽银的带子，在海上拖曳。大家一门心思等待观赏日落的美景。只是，天际的云朵飘忽不定，晚霞越来越多。

"啊呀，快六点半了，云朵怎么还不散去，反多了起来？"A君说。

真的，云朵不仅不散，且慢慢由粉红色变成橙红色，再渐渐变成灰白、褐色，最后变成黑白交间的云朵……

天暗了，A君十分扫兴，怨云朵，发牢骚："估计错误。"

我立身起步，迎着清凉的晚风，照样愉快地欣赏日落的异景。

我之所以不太失望，乃因为我早已知道：人

心都变幻莫测，何况自然气象呢？任何预测的美好事物随时都可变幻或破灭啊！有了这种心理准备，对周遭发生的变幻万事，就能一笑了之，照样心静神定，恬淡自如。

星洲抒情

绿林——花卉

片片绿林，簇簇花卉……

无论我是涉足于莱佛士酒店，还是从薛尔斯桥远眺两旁多式多样、突兀昂立的现代建筑群，或是无拘无束地漫步于印度区的不拉士巴杀、东海岸旁，到处看到的都是绿油油的树木、绚烂的花朵。

带着都市人的紧张心境，带着我满额的湿汗和一身的倦意，我来了……

记得啊，我曾寻觅宁静、自然、清新，也曾蕴蓄期待生命之树的新绿。此时，我的心被染绿了，思路被启迪了。

我搂着树干，吻着青叶，抚着艳红的九重葛……心儿充满了柔美、清爽、激荡……

翠绿之城啊——

你在白花花的阳光下，静穆得使人毫无焦灼、怨愤；

你在细碎碎的雨声里，碧绿清醇得使人淡忘世事；

你在溟溟的云雾中，多情浪漫得令人浮想联翩。

哦！

你的鲜洁，使我歌颂；你的诗意，令我回味；你的灿美，将吸引更多的旅人来临……

牛顿小贩夜市

当夜幕笼罩，华灯初上时分，牛顿小贩区便热闹非常。

四周是青翠的树林，牛顿区内，在迷蒙的灯光下，聚坐着三五成群的游客，品尝他们喜欢的食品。

肤色不同、语言隔阂、服饰各异……不要紧啊，因为彼此心中有爱！

一排排，一间间，各式风味小食：热食、冰

食、海鲜、辣味、菠萝饼、肉骨茶……应有尽有。品尝吧！远道而来的游人。

你可以从品尝这些食品中了解各民族的生活习惯、风土乡情，你可以从这些色、香、味中了解他们的情感和特性。

啊！这花园城市的美好一角——

树叶，摇曳地笑了；

春风，柔情地徜徉；

灯火，朦胧中隐藏着缠绵。

馨香的食味，丰盛的品食，热情的吆喝，勤劳的脚步，将我带入了甜蜜而多彩的世界里。

马林白的海滩

带着羁旅的寂寞、倦意，我来到东海岸海滩公园。

曾几何时，多少处海滩，留下我感伤而难忘的回忆：我曾对海号叫，对海沉思、对海细语，又曾对海狂笑，对海泫然欲泣……它的壮观、柔情、诡谲、多姿，曾启迪我写过多少的诗文。

如今，我坐在东海岸畔的海滩公园……是幻

境、是美梦？因为，这是新加坡的国土。

这是一个恬静的夜，微风轻拂，没有月色，没有闷热，没有喧闹，也没有"日落沙明""波摇石动""潆洄开合""昂扬幽沉"的壮观。

海，宽阔平静地躺着，微波款款追来，又悠悠远去。远处的星火，是泊岸的大船；右边的红灯码头，是世界第三大港。

风驰骋着，海嗫嚅着，海滩后的海鱼楼坐有零落的消夜游客。海滩旁的热带树林下，一片软绵绵青翠翠的草地，柔软得像绿色的毛毯。径旁的盆花，在朦胧的灯光下颇具诱惑。

友人告诉我，这儿广阔、美丽、清淡、平凡。奇怪的是，曾有人在坎坷的世路上或抑郁、不幸，想到此了却一生时，只要坐在马林白的海滩伸入海中的石堤上，就会猛然省悟，发觉自己心地狭窄，眼光短浅，渐渐地，心儿便充满"内疚"，重萌"重生"的希望。

哟！令人感动而难忘的海滩，知否？知否？你的奥妙和神圣，也同样充实在我这远道而来的游客心中！

牛车水

牛车水啊，你的名字带着"俗""土"。

在这美丽而清新的市容中，你的确显得"俗"气：各地的小会馆、看相铺、杂货店、小摊位……它们，比不上史丹福路的博物馆宏伟，比不上乌节路诗家董那么典雅。

在日新月异的社会变革中，你的确有点"土里土气"，窄狭黑暗的通道、梯层，悬吊窗口的条条晒衣竹竿，依然可见。

原来，你的命运及故事，交集着时间的脚印和生存的艰辛。

站在你面前，我很快将你的"俗""土"，转换成对你的历史社会的缅怀和追思！想象一百多年前华人生活的缩影，仿佛看到老牛拖着破车，从远处的小河载着一桶桶水，蹒跚而来，疲惫而归。

于是，我在这部没有书本的故事中得到了启发，了解到人类智慧的力量、求生的顽强意志，也看到我们民族的勤劳、俭朴和勇敢的美德。

事实证明，历史可以记载，梦境可以追忆，但都不及牛车水留给我如此难忘的印记。今日，当四周都是高楼大厦耸立、绿色馨香悦情的时候，有人担忧牛车水的未来命运，不是没有道理的。

当愿牛车水不会消失。

飞禽公园

到过新加坡的人，无不到飞禽公园一饱眼福。

飞禽公园的美，在于自然，在于人类对自然的点缀和运用。

轻轻地踏进这常青的公园，如同投进自然的怀抱。走进飞禽的世界，眼见飞流涓涓的人造瀑布，千奇百怪的花卉草木，多姿多样的飞禽，我满心欢喜，雀跃不已。不料友人提醒我：“你是进入世界上最大的鸟笼里。”

世界上的动物千千万，只有飞禽（多数）令我喜欢。它美丽、干净，还有啁啾的鸟声，或婉转的娇啼，演奏着生活的乐章。难怪雪莱为云雀歌唱，哈德生潜心苦研鸟声，华兹华斯对鸟独怜……

啊，鸟！你是自由、快乐和美的化身。

细观小径旁的各种飞禽，有的双翅舒卷，有的安详静穆，有的寻寻觅觅，有的跳跃啼叫，有的缩颈安睡……

再看暗屋里的各式飞禽，不论它是痴痴地站立，或是睁开那漠愣愣的小眼，均叫人感到它的纯洁、本真和恬静。

但也别忘了：

鸟是灵巧的，它翱翔在天地之间；

鸟是欢乐的，它日夜喜悦地鸣啼；

鸟是驯服的，它正视鸟笼的现实。

哦，我愿是一只飞禽，糅合鸟的美丽、真实、纯洁、宁静，翱翔于烟尘滚滚的现实世界……

黄河，让我好好看看

傍晚，车子经过临河带状公园时，友人说右边那条河就是黄河。"啊，黄河？"我吃惊地重复着，忙叫友人停下车，让我看看黄河，我梦寐中的景致啊！

在我懂得中文字的时候，就知道"黄河"与"长江"了。尽管历史书上陈述了黄河泛滥、长江水溢造成的灾难场景，我还是凭着文人的童心，想象着黄河的壮观、美丽与独特，即使是它生气地咆哮或万马奔腾或搏击的场面，也有可颂之处。

记得以前老师提及黄河时，眉头双锁，以一种低沉忧郁的口气道——四五千年以前，黄河流域频繁地暴发洪水，相传最早与洪水做斗争的是共工氏族，他们靠原始木、石、蚌器从山丘取土填充低洼，抵挡水浸。

尧做部落联盟首领时，鲧借鉴共工氏族治水经验，将填充低地改为"筑土围墙"。舜为首领时不满意被洪水浸泡即坍塌的土墙，任命鲧的儿子禹治水。

禹"居外十三年，过家门不敢入"（《史记·夏本纪》），几经考察，采取凿山辟谷疏导为主的治水法，减少了洪水的灾祸……

然而，人们并没有叨叨怨恨于"汤汤洪水方割，荡荡怀山襄陵，浩浩滔天"（《尚书·尧典》）的史实，倒是在黄河的水溢中看到了禹的力量、禹的精神、禹的化身。

后人冠之为"大禹"，即意味着他是一位"大写"的人，写在中华民族不屈不挠与大自然搏斗的史书上，也印记在后人的脑际里。

黄河啊，因着你有这么多"曾经沧海难为水"的历史，才成为我梦魂中的神往之地。

我生长在东海岸旁的海滨古屋，对黄河的印象既熟悉又遥远，多年后，当我远离那片九百六十万平方千米的黄土地时，黄河不仅是神往之地，也成了我不见为憾的一桩心事。

现在，我站在兰州滨河中路黄河南岸畔，趁着白天的残余亮光，当夜色将要呈艳的时候，黄河，让我好好看看——你静静地横卧在我面前，东临中山桥、黄河索道，西连《黄河母亲》雕塑，南依西湖公园，北与"白马浪"为邻。

你安详如雕塑中的母亲，微微仰卧，怀抱天真无邪的孩子，以你的乳汁，抚育了一代代子孙，依然那么单纯朴素，当周遭已被世界装扮得红红绿绿、五色炫目的时候，仍然保持着你的端庄、尊严与宁静。我看着想着，"自尊"两字爬上我的心头。

我端详着你的慈祥，如同依偎在你的臂膀，领受你的温暖，倾听那轻柔无波、流荡心胸的细语……

随之抚摸着黄河岸畔石头筑起的墙垒，因为有了水泥的发明，水波屈服给了垒墙，也算是大禹精神延续的象征。

还有那著名的"兰州水车"，那是黄河岸畔兰州段家滩人的遗产，在明嘉靖二年（1523 年），任云南道御史的兰州人段锁，借云南筒车灌田原理制成的水车。

友人说，四十多年前，有二百五十二轮水车林立在兰州黄河两岸上，何等壮观独特而富有风韵，水车歌声四面而起。它，是人类智慧的结晶，像一种艺术品，也是灌溉农田养育子孙的旁据……日日夜夜，咿咿呀呀，欢唱着人与自然矛盾又和谐、辛苦又快乐的天人美好关系。

今天的水车固然是滨河中路带状公园旅游区上的点缀品，但它留给后人的是不尽的深思与启迪。沿着带状公园的南岸，我来到了黄河铁桥下，这里是古代通羊皮筏子和木舟的渡口，也是明洪武年间修筑史称"天下黄河第一桥"的浮桥地。眼前的铁桥是清政府让德国人建成的。

站在铁桥上，望桥下平静无波的黄水，想象着黄河水涨时波涛滚滚中的羊皮筏形象，是否像漓江上的竹排，上面站着一位水手，握着一条竿，悠哉滑行，看啄鱼鸟如何含鱼而归？

不，羊皮筏子比竹排更轻便，只用几块绑在一起的羊皮，吹足气，即成为黄河上轻游的弋子，逢潮涨中的黄河水势，依然在险态百生中前往。

　　我想，艄公如何在羊皮筏上点篙自若，顺水高低弯转颠簸而去？是他的机智镇静压服了波涛，还是因为他是黄河的主人，有着自有永有的无畏与老练？

　　咿，我不解，一声叹息，却为黄河人感到骄傲。

　　正流连忘返时，最后一朵晚霞已渐渐隐去。

　　夜色沉沉，北岸白塔山上寺院亮灯、阑山索道闪着彩光的时候，我依然痴痴地伫立在黄河岸畔，夜景中的黄河固然另有一番情趣，但我缅怀的还是黄河的本相，那不经装饰的母亲的面容。

　　她叫我难忘，在我的心里，永不消失！

啊，庐山！

山魂

你从远古走来，有体有灵又有魂。

绿衣青裙，笑容嫣然，肩披云彩，脚踏江湖。

哦，我来了，听泉水说真，望青草示善，闻花朵香美。湖畔、树下，恋人情侣，或拥抱倾诉爱恋，或牵手憧憬未来，或为离情别绪在流泪。看那幽静的小道上，有人一面散步一面指点江山，有人在湖畔赏景或站立石壁前阅读——无论他们是欢笑、沉思还是愁烦，你均耐心倾听和慰抚——一切都会过去，唯有和谐才是宇宙的原本。

你不善言辞，姿态超逸，老树见证岁月的真实，岩石展示它的坚毅和气度，春花秋月颂赞泥土的博大胸襟。是啊，你承载一切，无论是灿美花卉还是枯枝败叶；你独持却不比不争，是多元生命的聚会所。

我看啊，找啊，在你的脚印中寻找理想和抱负，在你雄奇险峻的神情里感受刚毅和柔爱，更于台阶石梯的皱襞、岩壁上的色字以及古老的琼宫中，思念宽容忠恕的意义。

你潇洒沉默，远离名利场则名扬天下；你藐视虚哗，则成了圣贤的乐园；你坦荡不争，与江河湖相融相存；你纯朴简单，是享受和谐甘美的摇篮。

啊，庐山，我明白了。

你是物质的又是精神的，好一个和谐俊美的化身。

你是历史的又是文化的，让人思索峥骨妩媚、德性高雅、浪漫深沉的秘诀。

你是世人的又是宇宙的，所以山不老，水不污，花鸟永在，草树常青。

因为你，我更加膜拜真的价值，美的灿烂，善的永恒！

水韵

你的名字叫作韵，有素质有品位。

无论身处何境，总是俯瞰、向低处流淌，赋生命之需，滋万物之润，遇顽石谦让，见柔体扶搀。

你看似柔弱，则划不破，折不断；即使宽广，也甘于寂寞，不声不响。

无论是险峻雄奇的山脉，还是青绿明媚的峡地，或漠漠荒野的边缘，我总是看到你的身影，或云雾或露珠或白雪，或雨或雹或霜，不论丰满盈腴还是纤细苗条，你的神情啊，永远是那么的秀丽清逸、灵巧万千，或平静飞泻，或潺潺涓涓，或形态如帘，或如歌如泣。

你使我怦然心动：

我仰望，看到你与白云的缠绵；我俯首，倾慕你和鱼群的爱恋；

我倾听，欣赏你为树林清唱的声音；我抚摸，品尝泠泠而至的凉意。

你令我神情飞逸：

在你的绿意里流连忘返，在你的荡漾中诗意

涌涌；

　　要是你处于平静如镜的形态，我便对着倒影学习反思。

　　你使我灵魂苏醒：

　　在你潋滟里看到无数的梦境，在追逐的浪花中回想往事；

　　若于湖心亭、河畔石砾或江旁的灯塔下，便追寻记忆中的人与事。

　　呀，每一个梦都是岁月的影子，每一桩往事均是老人的遗产，每一次记忆均是少年人的功课。

　　够了，够了！

　　原来你的素质就是自由而自律，你的品行就是不求回报的奉献。

　　难怪——你色清无染、情深意浓，一如恋人的泪水，叫人难忘和缅怀。

人情

　　我为山魂水韵而来，走啊，看啊，想啊，寻思山林古庙的千古人文，感受"天人合一"的境界。

也许是因为我的昂首，才于如歌的途中因乱步而伤脚。

虽然无法体验"天池山"舒天香的痴云醉态，却领会了"桃花源"人们的纯朴和良善。

无论是中国作协和庐山管理局的领导、员工，还是医生、摄影师或农民，分明未曾相识，却因其和蔼仁慈而难忘。

于是——

我在一张张苍凉而布满皱纹的脸上，看到仕途坎坷人格坦荡、风雨淋袭精神巍然的神情；

在一群群经山泉沐浴后的少男少女笑意里，品味单纯真诚的可贵；

又在与众多没有血缘关系的人们往来中，体验被关爱、被照顾的温暖和欣喜。

一切人性的叩问和疑惑，在此消失，在此遗忘。

但很快地，经过一座座殿堂、别墅、教堂的精神熏陶，竟然茅塞顿开，哦，别轻视——信仰的力量。

原来——

教养就是宝贵的资产，外在源于内在，言行举止才是文明程度的标志。

难怪我在彩霞里看到山人的朝气，在夕阳中感受纯朴的安详。

原来——

慈悲是一种境界，营造这种品性需要节制、和睦和胸襟。

为此，我将继续在山的脉络里重温人文历史，在水的景观里思索"圣山"的奥秘。

离别的时候，款款细语，眷眷恋意，殷勤的招手，回望的祝福，都不及那挺立在我胸中字眼的分量——它叫"素质"。

有了它，才有名山人的热忱和平和，真诚和善良。

有了它，我愿献予"实至名归"的花环，挂在庐山的颈上。

山与海

自然风景中离不开山与海，树与石，然而，我独爱海！

我是在海边长大的。我曾在诡谲变幻的海边，踩着油光光的海泥，捕捉心中的宝物……快乐时，我藏满一肚的笑语，到海边与村童互倾；失意时，我静静地伫立海滩，任海浪轻拍我的脚面……无论是碧蓝无际，还是烟雨迷茫，不论是乳白色渐展的清晨，还是晚霞满天的黄昏，都不曾忘记海的碧波、鱼帆、海鸟、巨轮和万盏渔家灯火。

我之爱海，还因为它的广阔，曾激励过自己的意志；它的柔情，曾唤起我的诗兴；它的怒容，教我要严肃地对待命运的每一次挑战。

其实，在海的对面山上，也曾留下我童年的脚印。我在树丛中追捕野兔，在山顶上消遣过寂寞的假日。只是，从没有刻意地欣赏过山，这大概是因为爬山要费力、出汗，又担心杂树乱草钩破裙裾，更害怕草丛中突然闯出的虫蛇……因着这些缘故，我对山没有好感，觉得山枯燥、呆板。

随着时光的流逝，多少年来，偶尔也常到海边戏水，却极少到过山上。

在一个偶然的机会，我改变了对山的看法。

那是初秋的一个下午，车子驰向郊外的公路，到达山顶时，车子坏了，只好下车走一段路。柔和的秋风吹得树枝袅袅娜娜，眼前高低不平的山上有奇异的树，百态的野花，更有平时难以见到的景观：一株株红叶的树，黄叶的花……美景顿使我的眼神凝注，思路开阔。

前面是一片供烧烤露宿的空地，右边的山坡尚留有焦黑的灰烬，似乎是刚刚经过一场火的焚烧。在四周的绿色包围中，我突然意识到岁月的流逝、灾难的袭击，并没有改变山的面貌。逢到春风吹拂，春雨潺潺，树还要长，草将要萌，花依样放，山照样绿……哦！山的内在美原是潜于长久的沉默中。就连那上苍赐予的雨水，山也悄悄地把它送入农田，注入大海……

左边的山坡是层层叠叠的墓地，它牵动我复杂而凌乱的思绪，使我想到世世代代，山是人生舞台上的观众，当每个角色表演累了倒下时，是山默默地把他们搂入怀抱，溶入永恒之中。

我一面沉思一面走，在山径的转弯处，在无草的岩缝里，有朵奇葩，红灿灿地开放着，像热情的少女红着脸出现在深山老林，顿然点醒了山的沉默，也点破了我心底长久的冷漠，我不禁吟着夫子的话："芝兰生于幽谷，不以无人而不芳。"

我在沉默中又回到了山顶，后面是山外的山，山前是浩渺的大海，此时，我是站在岛上的最高处——眼前的海，虽美虽大，却使我油然生起幻觉和漂泊感。是啊！海只能给人遐想，人类却不能一辈子住在海上。而山，无论是山脚、山腰、山上，均给人归属感。常言道："野人恋土，小草恋山。"是有一定道理的。这附近的落马洲山顶，不就有多少异乡的游子站在遥望台上，望一望岛外的田园，洒几滴热泪？

我常常喜欢寻求事物的真挚和价值观，而这

些，往往就在不知不觉的投入中觉察到，如同山的沉默，端庄形象，奉献精神，不卑不亢，傲然屹立，从此保留在我美好的记忆中。

海　颂

　　此生与"海"有缘。翻开地图，在我寄居之所，无不临海，东海岸边的古城，南海岸上的"明珠"，北海岸旁的名港，纵横经纬，无不与海相伴，真是生于海边，死于海旁了。

　　半生面海，听惯海涛声的呼唤，看尽海的变幻，闻遍海的腥味，更理解海的生命，个性和里程。

　　噢，原来"海"就是一个大写的人，包罗万象，丰富无比。

　　谁说"海"没有生命？浪声涛语，领尽自然的仙姿，唱绝人类的艰辛。潮来潮往，不就是"海"呼吸的气息？

　　谁说海没有个性？仁慈恩爱，永不溢满大地、糟蹋动植物的生命。广阔无垠，有谁的胸怀气量比"海"更宽阔？风急海腾时，有谁像严母手执鞭子，管教儿女？

　　谁说海没有里程？后浪前浪，有什么力量令它屈服不前？昼夜奔腾，谁能胜过它的努力？哦，海，我是个"沧海桑田"的人……我曾因为质疑人生，抱着满身的"伤痕"跑到海边，将孤独的身子投向你的怀抱，祈望你的怜爱和抚慰；又曾痴迷泼彩云影，带着一身的疲乏，来到你的面前，躺在你的身旁，倾听你温柔催人的教诲……

　　哦，海！经历和琢磨令我日益了解你、认识你，你是我的书本和挚友，又是我的母亲和教师。至此，我明白了，为什么造物者总把我置在海边，让海拥抱我在怀中成长，壮大，永不退却……

　　哇，海，让我慢慢体会你、了解你、认识你，还要步你的后尘，学习领会你的情操、品性和魅力。连你怀中的海草、浮礁、岩石和鱼虾，也值得我歌颂和赞美。

　　我爱海，尽管心湖的容量有限，但灵魂里有一部海的巨著，足够余生的享用，并以它的精神和智慧，承受命运，指点生活，走对人生的路……

第二辑　世态人情

番薯粥

病房里静悄悄的。孔老头半卧在床上，他闭着眼，眼圈黑晕，神色黯然，两道黑眉毛粗硬地挺着。入院才一个月，体重已减了一半。

床旁台桌上的鲜花香味阵阵袭来，那是探访者送来的，郁金香、玫瑰、绣球等。柜内也放满了许多食品，人参、燕窝、鸡精……可孔老头一点也不开心，他好烦，一束花数百比朗，两三天就谢了，多浪费，还有，那么多补品，哪有胃口呢？

退休那年，他从中国来到欧洲，三十年了，许多方面仍不习惯，不投入。昨天黄昏，他仍对儿子说："送我回乡吧。"

儿子安慰道："你辛苦了一辈子，该安享晚福。再说我是老板，你若回乡，人家会说我不孝，母亲在世时，我手头尚紧……"

孔老头皱着眉头说："还是中药好。"

这时，女护士进来了，儿子只好告辞。

孔老头挪了挪身子，接过女护士送来的药片，握在手心。女护士怕他像昨天一样将药片扔向墙角，随之将温水端到他的嘴边，和蔼地说："总会好的。"

"我得了绝症，瞒什么。这把年龄，到时候了。"孔老头的声调充满对死亡的藐视和豁达。他侧着头，用舌头舔了舔嘴唇说："帮我给媳妇打个电话，我什么都不想吃，只想喝点番薯粥。"

女护士低声说："可是……买不到番薯啊！"

孔老头点点头，眼神充满失望与茫然。

这几天，胃口越来越差了，儿子怕父亲营养不够耗身体，每天专程叫人送熟品——鲍参鱼翅。可孔老头只渴望吃到家乡味——那是从童年到中年天天吃的——番薯粥。

人老了，往事故人喜欢在脑际翩翩飞舞，清晰极了。其实，孔老头已几十年没吃过番薯粥，偏偏这个时候，想吃。

他出生在中国东南沿海的一个村庄，这村庄土地贫瘠，黄黄的山地，只适合种地瓜，一年两造，农民用刨刀切片晒干，这就是番薯干，存在木桶里，是一年的主粮。不刨的，放在撒了石灰的地上，随取随煮。

其吃法有烤、煮等，最普通的一种吃法，就是和些米一起煲粥。粥甜黏、清滑、可口，不必上菜就可下肚。

然而，以番薯粥作主粮，毕竟是穷人的伙食。

现在，到哪儿去找呢？儿子为此发愁了。

媳妇为了满足老头的欲望，在乡亲中四处打听。虽说大伙到欧洲少则数年多则数十年，但多数人仍与家乡亲友有来往，有些人家里少不了故乡的土特产：盐菜、鱼干、虾米等。说不定哪一家还有番薯干呢？

果然不错，老刘家里有。媳妇陈述缘由，老刘慷慨赠送。

媳妇将番薯干和少许米煲了粥。薯片橙红橙红的，清滑甜黏，味道和新鲜的番薯粥差不多。

傍晚，媳妇亲自送粥到医院，孔老头高兴地

起了身，谢了谢，破例地喝了两碗。

　　这一晚，半夜三点的时候，女护士再也叫不醒孔老头。

　　他去了，走得很安详，嘴角上挂着一丝淡淡的笑意。

辫　子

　　陈先生是华人圈子的名人，经常出入于上流社会的各式应酬场所。可是，他从来不邀人到他家做客，原因是，怕人们见到他的独生子冬冬。

　　都说冬冬"怪"，其实也不算"怪"。五官端正，眉浓眼清，挺而丰实的鼻子，嘴唇不扁不翘适中美观，身体发育也很好，唯一特点是留了长发，且在后脑梳了条辫子。

　　这种装扮，在西方社会并非独一无二，阿姆斯特丹的街头艺人、印地安人就是例子。还有，本地的艺术家或时髦的青年人，常见留发外，还有奇奇怪怪的发型，光秃的后脑特别留有一束尾巴式的长发，也可见到多种颜色的梯田式发型，或半边光头半边发，等等。

　　可是，这位留长辫的十七岁儿子的父母不是

老外而是中国人，他们容不下，看不惯儿子的形象。

陈先生苦恼至极，左劝右说："儿子呀，只要你剪了它，什么都好说。"

儿子淡淡道："有什么大惊小怪？"

"儿子呀，中国清代才见男人留长辫，那是被人欺负被人宰割的时代，你好的不学，学这些？"

儿子生于斯长于斯，清代、历史、古董、传统，统统不沾边。这里是自由社会，"要干就去干"，什么父训母教、"孝、悌、忠、信"、"礼、义、廉、耻"，讲多了儿子上法庭告你侵犯他自由！

"这是丢父母的脸呀！"父亲说。

儿子望望父亲，睁睁眼，抿嘴一笑走了。

一天，儿子打球回来，到浴室洗澡出来，小辫不见了——刚洗了发，头发全散开了，又卷又长又黑，比母亲的发型还优美惑人，加上那张发育还没完全的白白净净的稚脸，像个女儿样！

母亲见之，立刻合手拜之："儿子呀，乖乖，乖乖，求求你，把头发剪了吧！"

　　儿子见之，哈哈一笑："你知道我国最有名的画家、歌手都是梳辫子的吗？"

　　母亲被笑怔了，改了口吻道："不剪就不剪，赶快梳起扎辫吧！"在她心目中，扎辫虽然难看，总算看惯了，比起一头散发，还是扎起来好。

　　为了儿子的辫子，夫妇俩不让外人见到儿子。否则，在华人圈子里，传出去多丢脸！

　　有一次，一华人对陈先生说："你儿子真时髦呀！"

　　陈先生说："看错了吧，我儿子在外国读书啊！"

　　"噢？你儿子与我儿子是同班同学呢！"那位华人说。

　　这下把陈先生气急了，夫妇俩连夜商定——在食物里放些镇定药，待儿子熟睡时偷偷剪了他的辫子。

　　这一剪可出了大事，儿子醒后大哭大叫，将屋里的小东西掷在地上，随之，离家出走不回来……

湖　鱼

有朋自远方来，总喜欢带他们到柏克湖畔散步。

柏克湖畔绿、静，是一幅很美的"水墨画"；它也像一部"天书"，读着它的四季，甚奇甚丰富。

那天黄昏，夏风习习，和乐画家一同散步，他对着湖景叫美，从点、线、面、色、角度欣赏，以景发思，感慨无比。

湖边柳树下，三位身材高大、穿着蓝色衣裤的洋人在钓鱼。乐画家即说："寒江独钓图。"我却吟起李白的钓鳌感受："以风波逸其情，乾坤纵其志，以虹霓为线，明月为钩。"

上前一看，三位钓鱼者的特制木箱内均装满了鱼，呀，鱼儿又肥又大。

乐画家说是武昌鱼，咳，他来自武汉，就说是武昌鱼。但我又叫不出它的名字，好像在香港菜场中淡水鱼摊上见过。

钓鱼者正在收拾工具，其中有一人用吊秤称各人钓的鱼儿重量。称好后，就将木箱内的鱼倒回湖内。

我甚觉奇怪，怎么回事？

那个留着大胡子的老外说："我是钓着玩的，一小时内看看谁钓得多。"

"结果呢？"我好奇地问。

"结果？让鱼儿回到湖里。"他神色淡然。

我又问："为什么不带回家吃？"

他们只是笑笑，并没说什么。不久，站在他身旁的一位老外说此鱼骨头多，不好吃。

"给我一条好吗？"我说。

"好呀，只限一条！"大胡子看着我，顺手从木箱里取出一条大鱼递给我，补充说："这条鱼可以吃。"说完将它装在塑料袋里。

我谢了谢，提着塑料袋往回走。

鱼儿在袋内"扑扑"跳动。打开袋口一看，

大约两斤重吧，鱼鳞呈银白色，鱼身横着几条淡金黄颜色。"这不是武昌鱼吧？"我问乐画家。

"反正可以吃。"老乐幽默道。

到欧洲数年了，还没吃过一次新鲜鱼，超级市场及大市场卖的鱼，全是现代机械急冻的。回想香港又鲜又嫩的鲩鱼，令人垂涎。

这次正巧，家有来客，一定要把住火候，蒸得恰到好处，别浪费了。

一进门，我便向汉娜报讯。

汉娜看到袋内的鱼奄奄一息，二话不说，转身到洗澡房，放了半缸水。鱼儿慢慢地翕动着两腮，许久才在澡缸里游动了起来。

汉娜说："湖水脏，鱼儿不能吃。"

"湖内无船，又没废水流入，湖水碧绿清澄，怎能脏呢？"我说。

汉娜不语，直摇头。

那么，这条鱼能不能吃呢？我犹豫着，于是打电话问餐馆的黄老板，将鱼的形状颜色介绍一番，黄老板立即说："叫 Baars，可以吃！"

我将汉娜想法转告他。黄老板笑道："洋人没有吃活鱼的习惯啊！"咳，什么习惯不习惯，鱼就是让人吃的嘛。放下黄老板的电话，我放心地捞起鱼，让它断了气。哗！鱼鳞真怪，又厚又硬，好不容易才将它"一分为二"，可是，没想到冒出那么多血，淋淋的令人害怕，正想用水冲之，汉娜站在门口，拍着门板嚷道："真残酷，我要……要告状去！"她说得又急又快，表情愤懑而不安。

我告诉乐画家，汉娜可能跑到湖畔责怪钓鱼人为什么将鱼给了我。

乐画家耸耸臂膀笑了笑："怎么回事？"

老乐初到欧洲，当然不知道怎么回事。我当然知道啦，但我也没什么错呀。

可是——当鱼端到台上的时候，我想到适才的"血"，竟然不想吃了。

老乐却吃得津津有味呢！

孤独者

　　终于出国了，阿姆斯特丹大学留学生宿舍环境不错，算是现代化、机械化了。然而，对于同房的小陈、小刘来说，总觉得有所欠缺，缺什么，他们讲不出来。只感到两个人不能分开，彼此需要对方的存在，尽管小陈的姨妈从另一城市来过电话，但毕竟只见一次面有陌生感，且听那口气，客气多过真诚，还是同伴好。

　　终究是异国他乡，人生地疏外，连方向都搞不清楚，那天两人上书店忘了带地图，竟如迷失的羔羊在附近转了几条街最终又回到原地。咿，偌大城市，人都到哪儿去了？这时，附近一教堂弥撒刚结束，小陈向走近的一位金发男士问道："先生，能告诉我书店在什么地方吗？"

　　那男士衣着朴素，中等身材，头发松散，看

上去三十出头，眼神友善热情，当然乐于带路了。小陈、小刘目光相碰一下，点点头，分别站在他的左右，随他同行。路上，小刘真诚道："我们刚到这儿留学，什么都不知道啊！"小陈还说不习惯新环境，好想家！

他们都叫不出对方的名字，但并不影响彼此内心充满的信任和善意。看来，金发男士对眼前两位陌生人颇感满意，神色愉快。

可惜，走到书店时男士惋惜道："呀，关门了。"原来明天是复活节啊。男士内疚地说过了节再带他们去。

中西朋友，算是初识了。

回去的路上，小陈对金发男士说："先生，我们是留学生，请问你是干哪行的？"

"独立顾问。"男士淡然回答，态度友好。

"独立顾问？"好新鲜的职业名字，小陈望望小刘，眨眨眼，摸摸脑袋。对了，记住，出国前不是有人教导，在外国与人接触，千万别像在中国一见面就喜欢打破砂锅问到底：几岁了？哪里人？父母干什么？结过婚没有？学什么专业的？

工资待遇如何？工作多少年？几个小孩？男的还是女的？房子是买的还是租的？想到此，还是默然好。

金发男士将他们送回校舍后才独自离去。

数天后，金发男士言之有信，准时前来带他们去书店，他说自己是坐火车来的，小陈、小刘为了答谢带他上宿舍小坐，喝喝中国茶，泡一包中国公仔面，谈天说地。

屋内，设备简单，没有美食，也没有言谈的主题和目的，只感到轻松愉快和彼此存在的意义。男士带他俩买了书。接近最后一班火车时间时，男士才匆匆离去。

买到书，小陈、小刘甚为高兴，以后不会无聊闲闷了，读书就是多看书多研究多思考。万里迢迢到此求学，可要争气点，不要辜负父母师长的期望。当下两人表示要下定决心排除万难，非拿到学位不见父老兄弟。

周末，金发男士不告而来，说是路过他们的住处，坐坐五分钟就得赶火车走了。

小陈、小刘自是热情相待。

时间一秒一分地消逝，五分钟早已过去，又过半小时，一小时了，金发男士仍然没有离意，他不时地用烟纸卷起筷子般粗细的烟筒，吸着吸着，磨磨蹭蹭，仿佛忘记了自己，也不知道自己在干什么，只想听小陈、小刘说话，见有空隙就插上一句："以后周末，我到这儿地上搭个铺好吗？"

这话引起小陈的注意，他用母语对小刘说："啊呀，他怎么赖着不走？"

"可能喜欢热闹吧？"

"那怎么行，我们得按计划努力啊！"想到此，小陈婉言拒绝了。

下个周末，金发男士再次敲门而来，小陈怕他像上次一样待着不走，决定与小刘采取躲避的方式，于是告诉他今晚有约会很快要出去，男士说可不可以让他一起去，小陈说："不行，对方只请我们两人吃晚饭。"

以后，小陈、小刘再也没有见到那位金发男士了。

一年后，小陈、小刘对西欧社会稍有了解和

认识，每每闲聊起来总不忘那位金发男士，小陈
内疚地说："其实，他是个很善良的人，只是我们
解决不了他的问题。我现在才知道，老外表明身
份含蓄，原来'独立顾问'就是靠社会福利金生
存的人，这些人饿不死，富不起来。要不是有什
么特技或大智的，找工作不易，年纪轻轻就被社
会养起来，无所事事，有人浑浑噩噩一生，有人
内心挫折苦楚，却不知何处是路。"

　　小刘接着说："他不像有些人喜欢寻求刺激和
冒险，也许太孤独寂寞，缺少交谈的朋友吧。"

　　"可惜，我们没有留下他的地址。"小陈说。
这大概就是二人引以为疚的原因吧。

墓

　　黄昏，约莫五点半时候，突然下起毛毛雨。房东老太太约娜依坐窗前，目光凝视天空，满怀心思的样子，我问她有什么心事，几天不听她说话啊！

　　约娜转过身，哭丧似的拉长了脸，低声说："昨天晚上，我又梦见了老头子。我走动不便，好久没到他的墓地，真想即刻去看看，你能陪我去吗？"

　　我理解老人的难处，可是，考试将到，一大堆功课还没温习呢……我犹豫不决，偷偷地瞄了她一眼，那被眼皮遮盖了三分之一的眼睛仍痴痴地望着窗外，充满期待，也充满了希望……

　　"老吾老以及人之老"，我决定电召出租车，陪她去。

　　墓地在某区路旁的一块林地里，四周有扶桑花和大树围着，像是大花园似的。园内是公墓，墓碑整齐地排列着。

　　天阴阴地凉，我搀扶着老太太走到右边角落的一块墓地，墓碑残旧倾斜，老太太颤抖地将家里花瓶里取出的一束郁金香放在墓前，跪了下来，随之啜啜泣泣地抹起眼泪来。

　　除了我们，墓园空无一人，只见老太太的银发在晚风中拂拂飘飞，一种空无、怅然、凄凉之感涌上我的心头，沉思良久的有关墓的思索，又飘飘然地自心底弥散出来。

　　故乡的一个个黑黝黝坟洞，传说是山猪野狗的出入地，而山猪野狗是死者生前做了坏事，投胎的再生形象。

　　成年后，心头一有难解之结，只要到墓地走走，就有一种突然开窍的彻悟。

　　墓，叫人消极，也启示人聪明，于是，有人在现实的篱网中，死在墓里，又在智慧的通道上，一次次仿佛从墓中爬出来……

　　那么，约娜为何而来……

风好凉，细雨已住，园内很静，潮湿的墓碑驮着一抹夕阳，一只乌鸦从树枝上飞扑出来。老太太为何到这儿来呢？思念人的方式方法多得是啊！莫非，莫非人到耄耋之年，就会犯怀旧、恐死之症？

我情思未定，老太太突然"啊"的一声倒了下去。我惊恐地摸着她的手，一股寒冷的凉意沁入心头，于是慌忙跑到路旁，胡乱地向出租车招起手来。

好在老太太没有死，她只是因为虚脱昏了过去，在医院住了几天，又吵着要回家，她对医生说很喜欢我这个中国朋友。

出院后，老太太内疚地说："真不好意思，打扰你了，让你吃惊。年前，我还能独自行走时，每星期去看望他两三次，这次起码隔了一年了。据说你们中国人每年春季（即清明节）才去墓地献花，我们可不同，一般是选择死者出生日或去世日才去的。倘若想念就随时前往……哦……我已八十二岁啦，不会太久，以后，没人看望我了，希望你想到我时，就来看看我……"

我"噢"了一声，点点头，心里好是阴凉寂寞，真的。

我想，以后我一定会去看她的……也许，也在细雨霏霏的黄昏，是友情，也是悼念，更是回报她对我初到贵境的帮助和爱心。

新友依丽德

初到欧洲，人生地不熟，加上不懂当地语言，真是难上加难。

我决意走出华人的圈子，投入社会，与当地人打成一片，深信——"莫愁前路无知己"。

恰巧，饭店是接触人的好地方。

一天傍晚，饭店刚刚开门，一对比利时青年男女笑容满脸地进来了。主人热情地道了一声"Goedenavohd（弗拉芒语：晚安）"，小姐用普通话回答："新年好!"我们吃了一惊，立即以汉语对话，小姐对答如流。

经了解，小姐名依丽德，比利时汉学院毕业生，现从事新闻工作，身旁的无迪门是她的男友，是个摄影师。她边吃边和我交谈，一见如故。并当即彼此许了诺言：加强联系、互相帮助。

依丽德小姐皮肤白皙，一头金发，身材小巧玲珑，说话风趣，性格坦率。第一次上她家，她就轻轻松松地告诉我："无迪门是我的男朋友，我们已同居两年了。"

依丽德住在唐楼三楼的一套房子里，套房里只有一张旧桌和三张旧椅，旧书架上有中国的民间工艺品绣荷包、泥人、古时农村妇女的小梳妆柜，屋内没有洗澡房、电话和床铺，厕所在厨房的角落。我心想，这就是西欧青年的生活环境吗？

依丽德看出我的疑问了，她说："大学毕业后，我们就到中国去了，我们的钱全部花在中国旅游上，现在穷得一塌糊涂，你看，我这身上的衣服，是路经香港时在街边买的便宜货。"

原来，依丽德与无迪门比中国人走的地方还多，他们俩去过西藏，又从广州坐汽车经汕头、厦门、福州，途经东部沿海各地到达北京，从北京经西安等地到新疆，历时一年之久。可说是走遍神州大地。当她谈到经过我的故乡福清的见闻时，我们高兴得拥抱起来。

从此，我们成了好朋友，她精通多国语言，常陪我到当地外国人签证处办手续，充当翻译，又带我到 Gond 博物馆和名胜古迹观赏，并讲述当地的风土人情。而她对我的要求只有一项：包饺子给她吃。

我是南方人，不善包饺子，心想应付外国人容易。果然，那饺子包得又大皮又厚，不像包子也不像饺子，大家一边吃，一边哈哈大笑，无迪门还直叫"好吃！好吃！"呢。依丽德说："我们是有缘千里来相会，你了解中国，我了解欧洲，今后在报道上可互相帮助。"

不久，通过依丽德我又认识了不少当地人，也从他们那里得到许多宝贵的创作题材。不料有一天，依丽德和我吵嘴了，彼此争论得脸红耳热，谁也不让谁，结果不欢而散。

事情是这样的：她陈述中国的一大堆不足之处，我也提出她的祖国的不足，结果是彼此都为"母亲"争辩一番。

我想，我们的友情也许完了。

我决定不再找她，生怕又一次不欢而散。想

不到事情过后的第三天上午，她就上门来，笑盈盈地说："我们洋人心直口快，有什么讲什么，吵了就算，不放在心里。千万不要误会，我从小就喜欢中国，现在将来都是如此。以后我们可能还会吵架，中国有句话叫'不打不相识'，越吵越好是不是？我希望你下次用本地话与我争辩——我已为你找到一个免费的外文老师，她是我的好朋友。"

望着她脸上诚实、善良的笑意，我紧紧握住她的手，心里热烘烘的，不知说什么好。

奇女奇传

1990 年 5 月的最后一天，联邦德国波恩市××区，阳光明媚，绿树成荫，这里，坐落着幢幢由政府出租的廉价楼房。在×号二楼，我拜访了周仲铮女士。她是联邦德国华人女画家（又兼作家），今年已经八十二岁了。

门一开，周仲铮女士依偎在门墙旁，消瘦的身材，轻盈的声音，耳聪目清得让我吃惊，她哪儿像八十二岁啊？

她说："是啊，我是个至老不认老的人啊！"

我刚坐稳位子，仲铮就从厨房端出一条像蛋糕似的雪糕，我们边吃边聊，还是不忘中国人的习惯，先来个自报家门。

她告诉我她的原名叫周连荃。

我说："这名字不错，富有中华民族特色。"

"因为我从小就是个叛逆的女性，反封建、寻自由，要出国读书，那时代，这些事都不易做到。我曾为此与家庭做斗争，于是，我改了名，仲是古文家辈的第二（伯仲叔季），我是老二，故为仲，铮取'铮铮硬骨'之意，鼓励自己坚强起来，坚持反封建，不气馁不妥协。"

瞧，见面就露本色啦！写她，自然离不开她的"解放史"。

仲铮是安徽东至县人，母亲原籍江苏扬州，因外祖父在福建延平道任职，母亲回延平时诞下莲荃。

仲铮的父亲周复秉承了其父的才气，写得一手好文章、好字体，在农村替人写呈文，呈文到李鸿章手里，深得李鸿章赞赏，留他做文牍。李鸿章去世后，周复升为山东巡抚，两广、两江总督，一生著书十余册（现存荷兰莱顿大学汉学院）。

幼年时期，仲铮在家跟老师读《女儿经》《列女传》等书。十五岁那年，国外，第一次世界大战刚刚结束；国内，日本强迫中国承认

"二十一条"。

仲铮的觉醒源于五四运动时期邓颖超发起的"觉悟社"，她向家庭斗争，奔向社会，独自跑到北京，认识了李大钊、许广平、邓颖超等人。不久，与父亲在天津《新民意报》上订了"合约"后才获得求学和婚姻的自由。此后回到天津入北洋女子师范学校，当初级学生。

因成绩不错，又想到著名的南开中学求读，然而，南开中学不收女生，仲铮第一个发起签名向南开大学校长张伯苓请愿，张校长以没钱办校拒绝女子请愿。仲铮得父亲出面帮助才得以当南开大学的旁听生，只是学费要加倍。（当时只有四位女学生。）

一年后，她经过五门考试成为正式学生。但这个好动的女子觉得民穷国弱，内忧外患，她想看看中国之外的世界，于是，大学未毕业就离校、离家、离国了。

一席话，我既了解她的个性和奇特人生，又觉得她多才多艺，谈吐幽默，画作风趣。

她身后站着一位与她年龄相近的德籍丈夫，

名叫克本，退休老教授。

仲铮接着说，"世界多有意思啊，我们是生长在不同社会环境的两代人，但出生于同一地区，你现在的所在国，就是当年我的结婚之地，我结婚时你还没有出生，如今在异乡相逢，这叫作前世有缘啊！"

克本能听中国话，嘿嘿地笑起来。

渐渐地，我们的谈话没有了主题，也没有框框，天南地北，忽远忽近，忽古忽今，丰富的内容足够为她写本自传了。只是她自己早已着笔完成了，桌上以德文写成的六本散文集子，就是她的近年之作：《小舟》《金花奴》《十年幸福》《小采鱼》《树王》《鱼跃马飞》。

《小舟》就是她的自传。

她只身到了法国，在巴黎政治大学毕业。七年后又在巴黎大学得到文科博士学位，战前在荷兰莱顿大学汉学研究院任助教，1940年去了德国，在汉堡艺术大学学画。

一个旧时代过来的中国女人，如今成了西欧有名的画家、作家，且精通四国语言（中、英、法、德），真叫人敬佩啊！

然而，更叫我敬佩的是如此资深有名的两夫妇仅仅住在这一房一厅的窄小政府房子里，毫无装潢，除又旧又大的书桌、床、柜外，就是书架。更有趣的是，睡房、客厅、厨房、厕所、走道满墙是书。此外，虽然喜欢闯荡，最终还是与莱茵河结缘。

"悠悠莱茵河，缓缓河上船。片片葡萄地，苍苍两岸山。"这是周仲铮女士七十一岁时乘快车到威斯巴登，望窗外莱茵河，即景写下的四句诗。

确实，仲铮对莱茵河的感情是深挚的，她的画，总不忘表现莱茵河的美。

奇怪的是，仲铮取得巴黎大学文学博士学位，毕业后的工作也很理想，为什么到了四十三岁突然转行学画呢？她说："早知不入时人眼，多买胭脂画牡丹。"又说："山重水复疑无路，柳暗花明又一村。"

原来，她是个不知足的人，一生都在追求，又有不达目的不罢休的个性。仲铮初次到汉堡艺术大学学画，被画家马劳拒绝。后以讲述中国画法和抒情诗的报告换取学画的机会，这就是她"通向艺术的钥匙"。

今天，她是个成功的画家了，三十多年来，先后作了三百多次的报告，"德国之声"等电台以及报纸多次介绍她的事迹。在西欧各国多次举办画展，并在科隆、巴黎、罗马等地获得金质奖和银质奖。现已将三百多幅画赠送天津艺术博物馆。

我望着满墙的画，内容形式多式多样，有抽象、象征、超现实……有的老气横秋，有的像出自小孩子的手笔，一时看不懂。她笑眯眯地说："有些人不喜欢我的画，完全可能，我对自己的画也不满意，永远在追求，永远达不到。就像我对祖国的感情永远不会完结一样。"

提及她对中国的感情，我想起她的六本散文集。1978年，她的梦想终于成真了，回到阔别近半个世纪的中国，见到了离别五十年的邓颖超和未去世的亲友，还在中国开画展和旅游观光。

在《海外心声》《四次返乡记》中，字字句句都流露她的民族意、爱国心。"外国人别再叫我们是'东亚病夫''东亚睡狮'了，我们站起来了。"

　　奋斗、努力、成功、奉献，日子没有白过，生命没荒废，如今，她已耄耋之年了，然风趣性格依旧在。

　　连她送给我的相片也别具特色。三十二开本大的黑白相片，左上端是丈夫克本的一周岁相片，右上端是仲铮的周岁相片，扑扑高扎的两条小辫，一个生在西方，一个生在东方：两小无猜。

　　左下端是1940年于莱顿的结婚照，下款：天作之合。

　　右下端是夫妇在中国时站立着手拉手拍的金婚纪念照，下款：白头到老。

　　综观相片，正是仲铮一生的三段时期，头、中、尾。

　　人生有如此完美圆满的婚姻，实在不多。克本是汉学家、教授，仲铮是画家，又是作家，志同道合外，难得的是，克本是那样理解和支持仲铮，凡她所想所求，一律支持。

　　钟铮说克本每月取出两千马克买各类中国需求的外文书，寄往北京图书馆。我惊奇地想，两人辛苦一生，到老仍住政府房，然而，每月买两千马克的书，赠送祖国！

仲铮吃吃地笑着："谁像他这样啊？他比不少中国人还要爱中国啊，你看，这本书绝版买不到了，他一页页地复印，再装订好寄去。"

我好奇地问克本："怎么回事啊？"

他用英文回答道："我的妻子非常爱国，真的，非常爱国，爱她所爱，借以表示我对她的忠实爱情。"仲铮听后又快乐地笑了。

我也会意地点点头，敬重又佩服！心想，假如爱情小说家在此，将多份好题材呢。

姑　　母

　　久闻万隆大名，当然与亚洲与非洲在此召开的协商会有关，自 1955 年 4 月"万隆会议"后，这个海拔七百米的小城名声大噪。

　　从雅加达到万隆乘火车不到三小时，但友人不放心，说火车站歹徒小偷多，非送不可。这样也好，改乘私家车吧。三五朋友，一路有说有笑好打发时间，这使我想起在欧洲旅行的景况，尤其是长途驾驶，路面宽平，时速每小时可达一百八十千米，颇有畅通无阻之快感。这里当然不同，免不了塞车外，最不习惯的是每辆车后排出的废气，又黑又浊，我说吸多吸久恐怕患气管癌或肺癌啦，友人说这儿汽车多用柴油，柴油较汽油便宜呀。

　　傍晚，天色渐暗，因路旁没有路灯，加上迎

面而过的车头灯明晃晃地刺眼，自得小心驾驶。

由于万隆是四面环山海拔约七百米的盆地，进城路必爬山越岭，道路曲弯，这时，司机降车速为每小时二十千米，我笑道："老牛拉破车啦！"

"安全第一呀！"对方说。

雅加达到万隆不过一百八十千米，竟花了约五个小时时间，以致到达目的地时，酒楼已关门了，只好在大排档吃炒面。

万隆是四面环山的盆地，虽是盛夏，早晚还得穿件外套。如想避开雅加达的燥热，到此避暑倒是美事。

旅游书在介绍万隆时用尽广告手法，如"观光胜地""途中美景""如诗如画""仙境国度"……实质上，万隆并不像想象中那么美，纯朴的街景，无华的市容，比起开放中的中国南方诸城，逊色好多！

路旁的大排档，免不了受马路灰尘影响，严格检查卫生起来，定有许多不符合标准。

道上的古旧人力车，虽早不允使用了，但仍

有为糊口的车主摇摇晃晃而过。

可也不能说毫无游览之处。供人度假的"连旺"区幽静闲暇，山坡幢幢别墅颇具特色，价钱也不太贵，宿费每晚不到两百港元，另一胜地是火山口——它是爪哇岛上最大的火山口，洞沿灰黑，洞底平坦灰白，附近尚有硫黄浴池，赏一赏令人生怕的火山，自增一识。

到万隆的另一要事是看望姑母，我家族长辈都是长寿的，祖母九十五岁去世。姑母夫妇九十高龄，仍耳聪目清，神智清晰，父亲八十高寿仍精神奕奕，还是家人的好帮手。

第一次见到姑母是三十年前的事，当时年少无知，对她的印象却深刻难忘。

那时她已六十岁了，为人和蔼，心地善良（此乃我一生最敬重的品行），像祖母一样仁慈宽厚，具悲天悯人的秉性。她虽然并不富有，却好施舍，一些吝惜的富翁与她相比，真是相形见绌。

这次到万隆抱着谒见的心情看望她，门一开，姑母缓缓走来，为了等候我的到来，她比平时作息时间迟睡了两小时，特别预备的晚餐犹在。桌上摆着各种特别为我做的糕点。表嫂打完招呼就忙着下厨，姑夫和表哥站在那儿嘴上挂着笑。简朴的平屋与家具，四代同堂的和睦，充满都市人少有的祥气。

姑母变得瘦小了，生命的终点站隐约可见，但精神矍铄，她喜欢见到亲友，喜欢聊天。姑母在外七十多年，无论外面世界如何变化，亲友如何发财，夫妇俩总是安分守己，执教维生。如今，他们已老了，老得只能在平屋内走动，希望有客自远来，团坐小聚喝一口清茶，听她讲古老陈旧的故事。可惜因为忙，不能久住。临别的时候，她颤抖着手打开了睡房桌子的抽屉，取出用小红布包扎的东西，拿出一条金链给我，我连忙按着她的手说："姑母，我心领了，但我决不能要，你们生活得这么不容易……"她的双眼突然红润，泛着泪花，令我难以分别，情思万重！

回程的途上，情思万种，脑里浮现着姑母的形象，她——一个平凡的女人，却令我如此刻骨铭心，难以忘却。

　　谁能跨越时间的规律? 谁能保住不衰的青春? 那么, 在这短暂的生命里, 留给人间的宝贵就应该不是什么名位钞票黄金, 而是那份纯朴真挚高贵博大的秉性和情义。

彼　岸

　　我原想到附近邮局投了信就回来，玲说不如到附近林子走走。

　　四周是各国留学生的宿舍，我们不刻意选择什么方向，漫步而去。

　　深秋了，荷兰的气候多是阴沉的。难得天高云淡。英吉利海峡海风阵阵拂来，树叶已由绿色变成棕色，黄叶随风飘零，地上像铺上一层棕黄的地毯。令人惊奇的是，左边地面还有一大片常年如茵的草地，玲说这是不死草。

　　如此美景，令我文思如泉涌，但我没有表露出来。玲来自渤海湾旁的城市，她天性好强，喜欢顶嘴。在宿舍时凡事说了算，还让人感到不舒服。比如你说香港很繁华，她说不过如此；你说中国内地菜好吃，她说香港小食丰富可口。论起时事，便和人争得脸红耳赤，不欢而散。

为免拂去欣赏风景之趣，我还是少说为妙。

林子的树种不少，我则偏爱栗树，瞧那满地圆滚的栗子，似乎闻到炒栗的香味。

我对栗子的喜欢，说来有段古。第一次吃栗子，是朋友从闽北山沟捎来的，当时还不知怎么吃，母亲将壳剥掉与猪肉一起红烧，味道甚佳，咬起来像山芋似的，甚为可口。第二次吃到的栗子是老朋友炒好送来。这回吃出味道来了，又松又香，与山芋味完全不同。不久老朋友调到外地，从此再没有吃过栗子，也不知栗树是什么样儿，猜测是寒冷地带的产物吧。

移居香港后，每年冬天，均在湾仔天乐里附近看到两位卖栗子的老人，一人负责炒，一人负责卖。我每见必买半磅栗子。老人不是每天卖栗的，然而，我们的饭堂离老人摊位很近，所以每闻到炒栗子的香味便顺道而去。此时，见到新鲜落地的栗子，便想起故乡的那位老朋友。

现在，老朋友不知何去了。

没想到，此地树林里有这么多又高又大的栗

树，漫步其间，常常听到栗子搭拉的落地声，趋前一看，栗子颜色红润明亮。

满地栗子，却闻不到记忆中那份又香又松的味儿。此时，恨不得拾起来往口里咬。呀，难怪一些老华侨虽在外生活大半辈子，但仍喜欢吃到少时吃的水磨豆腐花、腌菜或家乡小食等。

玲或许看出我的愁思，解释说生栗子不能吃啊，连忙加紧脚步，引我离去。

林外，河水纵横交错，岸旁树枝低垂，座座白色小桥倒映水中，宛如一幅幅墨画，玲说那是运河。运河？思路缱绻的我即想起桂林的秦朝运河遗迹以及苏杭的小桥流水，不禁说道："我们也有许多美景。"

玲转身急速说："你老是不能面对现实，不如归去。"

"现实？归去？"我不知所云，一时无法搪塞，只好虎着脸，心湖翻起千层浪。

不堪回首的往事。

我才不告诉玲我为什么离开故土到异地闯荡。

也许，世间有些事，只能藏在心里，直到与棺木同葬的那一天。何况，她的年龄与经历不易了解深奥的世事。

玲见我不语，猜道："随波逐流？"

不，不是，不是！

经历虽使我难忘，但仍不失追求。我是个不怕拥抱痛苦的人，痛苦能令人深沉，令生命更新。只要拒绝平庸，我就要接受命运的一切挑战。此苦此乐，不是每个人都能经受得起的。

玲又说："什么愁啊，思啊，念啊……要是有了爱情，就无忧无愁了。"

我哈哈地笑起来。爱情？什么爱情？世间有什么情直教人生死相许？何况人间本无永恒之爱，"爱情"和"生活"随时都可能起变化，唯有人类天性里的情感难以改变，一如孩童恋母之情，没有缘由，无须需经历和时间的制约。

"你到此不过几年，就忘记曾经生活过的一切吗？"我问玲。

她犹豫一下，铮铮有声地说："是的，忘记一切。"

不，"母亲"就是"母亲"，任何人替代不了。

我可以指责主宰浮沉者的许多缺点和不是，却无法悖逆那曾经生我育我的山水和土地。

"天涯何处无芳草？"玲将脸朝着天空。

我的心隐隐作痛。我知道，我的沧桑多过她，但本性没有影响我的乡愁，也无法阻止我的愁念。

玲要我学会抑制愁煞之情，通过现实和时间，慢慢改变习惯和性情。我说难呀难，即使现实变得有情了，也会在梦里归去……

周遭很静，很静。只有我俩的细语，偶尔，听到鸟儿的啁啾声以及从河道上传来的鸭鸣。

天开始下起毛毛雨，夹着冷风。玲突然转过头，低声说："只是每当雨天，我才想起故乡的火热火热的太阳。"

我笑了，笑她天性——仍有不泯的童真。

彼岸啊，我梦魂中的家园，你为何总是像小偷一样，时时摘去我的一颗心呢？

偶　　遇

黄昏，又是周日，为了拍摄路旁的匈牙利的景致，车子在运动场附近停下来了。

四周静悄悄的。约有五十米远的花墟石垒旁，坐着两位匈牙利少女和一位东方青年，还有一位四五岁的匈牙利小女孩。

看到东方人，我们各猜是哪国人，蒙古人，中国人，日本人？正好奇地猜测着，想不到那青年主动热情地和我们打招呼。

青年以匈牙利语问我："你是哪来的？"

"香港来的。"我虽听不懂匈牙利语，但猜他是中国人。

"香港？很多香港人移民到匈牙利。"青年中等身材，皮肤黝黑，样子敦厚，看上去二十七八岁吧。他高兴地用东北口音的普通话回答。

"你呢？"我以普通话问。

"长春。"

"长春？何以到此？"我吃惊得很。

"派到这儿的汽车厂工作。"青年神采飞扬。

我望向坐在他身后的两位匈牙利少女，这时少女文静地、含情脉脉地站了起来。地上，有不少图案，一看，是以石子画出一座座平房，旁边写着"东北，黑龙江旁"，无疑地，是青年画给少女看的。

青年爽朗快乐地望着一位身材苗条、五官清秀的少女说："她是我的女朋友，非常喜欢中国，要跟我回去，怎行啊？她一定不习惯。"

哦？我们都笑了，为他祝福。

"困难不少，她父母不同意，我父母也不同意，我今年二十一岁了，她才十六岁，得等她两年，才可以结婚，这儿不同，孩子一到十八岁，父母就不会干涉。"说到自己的爱情，青年有些担心了。

"能否帮帮我们找旅馆？"天快黑了，离布达佩斯还需一个多小时的行程，闵小姐问青年。青年用手抓着脑壳，为难地说："我们车队只知道那儿有一家中国饭店，电话号码在宿舍里，你们跟我到宿舍吧。"

宿舍离空地三百米左右。一路上，青年又告诉我们他喜欢匈牙利，说这儿赚钱容易，人民文明有礼，女人很不错，又上班又勤干家务。他呢，工资是匈牙利工厂发的，每月一万一千福林，合美金两百元左右，他已很满意，普通一个人的生活费，每月只需两千福林就够了。

他初中毕业后就入长春汽车制造厂当学徒，1987年被派到匈牙利，当时到此的共三百五十人，后来先后回去了，目前在此的约有四十人，其中有五个中国男青年和匈牙利少女结婚，婚后离开车队，在此另谋生路。

说着说着，我们来到如同中国工人宿舍般的一座绿色高楼前。门口有中国式的"传达室"。奇怪的是，走廊和门口挤满了许多中青年男子，是波兰来的工人，他们以惊奇的目光望着东方人。

"这里原是一座中国楼，现在变成国际楼了，除波兰人外，还有罗马尼亚人、捷克斯洛伐克人等。"青年和传达室看门人打了招呼，我们来到中国车队的宿舍。门一开，就看见"进门脱鞋"四个中国字。几位男子好奇地问我们哪儿来。闵小姐自我介绍一番，他们便主动热情地帮我们和此地的中国饭店老板联系住宿事宜。

无奈，饭店已搬迁，无法联系，我们只好继续前往布达佩斯了。

坐了一天的车，到布达佩斯时是晚上九点多，感到肚子饿。然而，大街小巷，没有一家饭店开业，全关门了。

9月初，夜晚颇凉，得穿外套才行。街道宽直，霓虹灯、广告牌不多，行人稀少。倒是有不少小汽车来回奔忙（街道路旁也停放不少私家小汽车），这些小汽车多是苏联制造的，老款式外，没有几部是较新的。

糟糕的是晚上十点了，仍找不到吃的，好不容易看到一小巷口有一卖食品的推车，一问，原来只卖饮料，无面包类食品。

我们饥肠辘辘，只好光顾酒店，酒店内的饭

厅生意不太好，冷冷清清地坐上几位游客，只有我们几个是东方人。

餐牌上的价格不太贵，匈牙利最具代表性的菜肴香辛鸡，一套餐不过四十港元。

该酒店是四、五星级的水准，饭厅设备一般，唯一不同的是，有吉卜赛人在此拉小提琴。假若有人赐小费，他将站在你的身边拉。

我们希望快点上菜，谁知一等就是一个小时，服务员面无表情，与西欧的服务态度比，差远了。陈小姐禁不住说："服务态度如此差劲，怎么能办好企业呢？"

当地人一般不太会讲英文，能说英文的酒店、饭店服务员，服务态度不太好。在火车站售票处，问女售票员去波兰的火车时间、票价等，这位小姐十分不耐烦地回答："快点，后面有人。"谁知后面一位当地人买票时，售票员却和她闲聊起来。陈小姐不服气站在旁边直望女售票员，女售票员才不好意思地问陈小姐："什么事？"

陈小姐批评她的服务态度时，女售票员委屈地说："我已工作了十八个小时，很累，对不起。"

经她一说，陈小姐倒同情她了。

总体来说，这个民族是友善的，我们走到哪儿，常有人向我们打招呼："你好！"

在共和国大道附近的政府办公大厦前，有两位匈牙利警察在站岗。

我们向两位佩枪的警察问路，接着主动和他们聊天。他们虽然不会说英文，却满脸笑容，态度和蔼。一位圆脸、皮肤白皙的警察看上去稚气未退，但两鬓已有白发了，卫盛猜他已四十岁，我猜他三十岁，圆脸警察高兴地拉着我的手背，吻了三下。

警察、服务员及那位爱恋东北青年的匈牙利少女，这是我们对匈牙利人的初步印象。

怨　妇

　　印尼华人阔太太，表面看起来较为其他国家的女人有福，经济由丈夫承担，家务用人做。她们的任务只是生孩子。但可想而知，经济不能独立，必须依附丈夫生存，谈不上自身的社会与家庭地位。因而"福"的表象下有着难为人解的悲哀和怨情。

　　丈夫可以在外花天酒地，女人只能忍声吞气，不想忍的，怎么办？离了婚谁养你？寡母孤儿，带着孩子再婚也不容易，何况这里的女性多过男性，男人五六十岁找个二三十岁女人易如反掌，女性三四十岁想再婚，难矣。

　　妇女无社会福利保障，忍气吞声外，甚至被殴打、辱骂和虐待。笔者曾看到在一酒会上，一男人对稍稍迟到的太太，当众大声责骂羞辱。

　　至于女佣问题，福的另一面是苦，女佣多是十来岁少女，逢上风流男士，常有"主雇"艳事发生。S太太说："我们只是女佣工头而已，孩子小母亲不敢外出，怕女佣虐待孩子。若独自出门，担心女佣偷东西或带男友回来。加上主雇无须合同签约，女佣说走就走，找一位可靠用人不容易。"

　　多数阔太太谈不上拥有美满幸福的婚姻生活。待孩子长大后，才能将精力转向自我享受，生活内容不外是逛百货公司、做美容、购买名牌货，或健身、找相似地位的富婆吃饭聊天等。只有少部分的阔太太生活得较充实，如张太太就与其他阔太太不同，她喜欢手工艺术——将碎布剪成一小块一小块，缝制成各式各样图案，制作成被套、椅垫等，还有白泥掐成的手工品，造型后上色，像公仔娃娃、花卉、摆设品等。

　　她并没有受过正规教育，其工艺精巧玲珑，与商店买回的相若。如此佳作，除与天赋有关外，也离不开勤奋努力、自学、钻研的成功之道。

　　她的手工艺术品部分放置于住所，点缀生活，大部分送给成家后的子女或朋友，人们从艺术品里得到快乐，她也从对方的快乐中得到"享受"。

走访了张太太后，我心想，同样是阔太太，何以张太太如此"辛苦"，沉迷起来竟废寝忘食，一坐就是数小时？乐此不疲，不是为了赚钱，也不是为了消遣，用她的话说，情趣矣。也就是说，人有没有情趣，会将命运、生活、性情定位于不同价值的人生层面上。无情趣者，生活再优越，条件再好，也活不出精彩，平庸无聊外，浪费时间，消耗消费品。反则不然，活得有精神有活力，生活充实，何况脑亦越用越灵，手越做越巧，益己益人，快乐又有价值。

中下层妇女的命运就更糟了，谈不上安全感时只能受闷气，丈夫若遇到法律问题或商事纠纷，经济来源起变化，妻子处境可想而知。

寡妇就更惨了。试举一闻：某村有一华人寡妇，丈夫去世后她为维持生计，只好接管门店生意，做起老板来，可是她的几个女儿经常受周围人的干扰或侮辱，弄得女儿们不敢出门，烦恼至极。

　　店里的生意也常受村人威胁。寡妇心想，这样下去怎么行呢？

　　思之再思，最后想出一条妙计，即与村里的一位印尼单身汉同居，该男子好吃懒做，却是村里的"地头蛇"，人人见了怕之。

　　妙事一成，再也没有人敢欺负寡妇了。

　　寡妇白养男人，得到的是平安无事。

　　消息传出，隔壁村另一寡妇也照办了，本为一件官司事烦恼重重，赢输不定，后来成了律师的情人，解除了心结，诸事顺利。

　　为了安身立命，竟然要如此委屈自己，牺牲宝贵的情感领域，夫复奈何？

又见橄榄时

又到秋风秋雨时，此景此情，不禁令我沉思冥想，触物感旧。

漫步于秋凉兮兮的都市，满目琳琅，洋货多于土货，人造品多过天然物，难得见到田园式的清新和超然、"秋水共长天一色"的壮景，因此觉得有所失落，有所不足……

黄昏，无意间，在寂寞的一角，见到令我驻足的、青青的鲜橄榄。

又见橄榄，又见橄榄！

往时，当我品尝之时，感到心神浪漫，啜那苦涩、清甜之味，如同领略人生的一首哲理诗——苦尽甘来，苦尽甘来。这咀嚼，这遐想，伴我走过生命悠悠长路，使我不论面临险境、艰困还是绝望……都能披荆斩棘，对美好、光明的前程不懈地追求和憧憬……

　　而今，这万物丛中的一堆青青橄榄，不仅令我口里生津，也牵动我幽幽的乡愁，使我在烦嚣之世，如同回到那静谧恬美的乡间。

　　记得祖屋前后，种植了许多龙眼、枇杷、石榴、柚、黄皮、荔枝树。在古屋的石灰院右面，有一棵粗大而茂盛的橄榄树。向上的树枝，疏密有致的叶子，形同天然的大伞。不论是炎炎白天，还是溶溶月夜，树荫下，总有人休憩、下棋、闲聊……或有顽童卷一树叶吹哨，取一长竹竿捣落橄榄，捡起来往衣襟一擦，丢进嘴里。初时皱眉咧嘴，啧啧叫苦，不一会儿就手拉手围着树干团团转，合唱："月光光，照厅堂，厅堂里，望橄榄……"

　　据说，这棵橄榄树是属于六伯的。他与老妻膝下犹虚，夫妇以制蜜饯橄榄为主。难怪每到晚霞满天的黄昏，那条熟悉而弯曲的小路，常常传来玲玲珑珑的拨浪鼓声，六伯佝着背、挑着一担木桶蹒跚走来。这时，孩子们一听见拨浪鼓声就蜂拥而至，围着木桶上面木盆内的蜜饯：有晶晶青色、墨墨黑色、灿灿金色、淡淡褐色，味道有咸的、甜的、酸的、又酸又甜的，还有一种外粘细盐的干榄，含在嘴里能镇咳。孩子们只要掏出一分钱，可买两粒蜜饯，没钱的，可取家里的空瓶空铁罐来换取（换多少是根据瓶罐重量而定）。

我儿时最喜欢那又酸又甜的蜜饯橄榄，几乎是每次见到必买，然而常常是边咀嚼边责怪自己贪吃。因我亲眼看见六伯六嫂将一筐筐洗过的青橄榄倒入石臼，然后穿上稻草编制的草鞋在石臼中踩踏，他弯着腰，甩动着双臂，原地不停地踏步，我常常担心他摔倒，但他总那么从容、自在，不时抹去额上的汗水。六伯告诉我，等果肉松脆，才往臼内加盐、糖、香料等等。那时我和小朋友站在一边，嘘嘘地说："用脚踩，脏死了，以后别买呀。"这话不知说了多少遍，但还是照买照吃。直到长大后，才知道六伯用的草鞋是专用来踩榄，从不用来走路的。

印象最深的是，有一个黄昏，明明光着头，赤着上身，穿着补丁短裤，站在远处看着我们围在六伯的木桶旁选橄榄。明明用舌头舔着从鼻孔流下的两条清涕，我们笑着用手指在脸上划着羞他。这时，六伯像树皮般的手从木盆上捡了几粒蜜榄叫我们送给明明吃。不久又挑起木桶，玲玲珑珑地摇着拨浪鼓而去，后面还跟着一大群孩子，直到小路的尽头……

三十多年过去了，六伯六嫂早已作古。然而，每到秋风起兮，见到街市的青榄，总有一份说不出的情感，仿佛玲珑拨浪鼓声在耳旁萦绕，回味一番苦涩、清甜之味，目睹异乡秋景秋物，回顾几十年来品尝过的人生道路中的苦、辣、酸、甜之后，似乎大彻大悟，面对青青橄榄，缕缕乡思中，又增添了一股淡淡的哀愁。

雅拉河畔的友人

1997年元月5日，我乘搭澳大利亚内陆机从西南阿德莱德州首府前往澳大利亚金融与文化中心都市——墨尔本。

20世纪70年代初我居住在香港，周日到教堂做礼拜时认识一位六十多岁的老人，她住九龙新界。有天，她突然告诉我要到澳大利亚啦。不久，她来信说儿子开餐馆，自己生活不习惯，除了吃住无忧外，没有什么自由。

看完来自墨尔本的信，感慨万千。从此记住了"墨尔本"三字。这次有机会前往，多么希望见到她，可是，自己数次搬家，地址不见了，再也找不到见不到她了。即使找到了见到了，她还安在吗？尚认得我吗？

一个多小时后，飞机到达国内线TAA航空

站，本着"不管风吹浪打，胜似闲庭信步"的天性，我慢步乘搭电梯出门，取了行李正四顾接机的朋友，就看到姚迪雄画家边招手边迎面而来。他新婚不久，一脸笑容，潇潇洒洒道："真的来了！"是呀，真的来了，命运中别的可能不如人意，脚倒是生在自己身上，要去哪里就到哪里。

"墨尔本欢迎你！"姚迪雄热情地说，一扫我找不到老教友的惆怅、感伤和失落。

走出机场，第一个感觉是热，冷气感消失了，身体渐渐地热烘起来，额头出汗了……时值1月，欧洲正是雪花飘飞的冬季，澳大利亚则是炎炎夏日。

形容夏日用"炎炎"二字是因为朋友说澳大利亚热起来的气温达三十五摄氏度。啊，三十五摄氏度？在香港气温三十摄氏度就汗流满脸，浑身的不舒服，三十五摄氏度还了得。

果然，这天气温就是三十五摄氏度，迪雄居所浴室水龙头没关，水哗哗地流，我以为忘记关了，他太太说冲凉水降低室内温度。也许这儿地大空旷有风吧，我觉得比香港气温三十摄氏度时还舒服些。

傍晚气温下降，外出要披件外套。姚迪雄即道：澳大利亚天气像姑娘的脸，说变就变。一天之内气温常变化，岂能于同一季节里不变呢?

变幻莫测的气候大概是因为东部有大分水山脉，使得太平洋吹来的季风越过高原后变得干燥。加上季风和赤道低压之故，东南部夏季多雨水。

不久，下了一阵小雨，雨过天晴，碧蓝的晴空，浮着朵朵白云，空旷气爽。我到过世界不少地方，论天空之美之净，算是澳大利亚了。

遗憾的是，如此美丽的天空和明媚的阳光却隐藏着忧患，原来地球上空的臭氧洞正处于澳大利亚的上头，澳大利亚人的皮肤癌发病率很高，为此，每年夏季未到，政府的健康广告费已不菲了。

第二天，天色很好，气温适宜，姚画家带我"都市巡礼"。

在我的旅游经验里，涉迹世界任何地方，尤其是大城市，总觉得大同小异——无非是商店、街道、房屋……

真正想了解当地乡土风情，必须像当地居民似的上街买菜做饭，得还喜欢参观各式各样的博物馆、画展，听音乐会等。然而，人生哪能处处心想事成？尤其短时间旅行，不少地方不得不走马看花。对于我，即使走马看花，也得讲究方式方法，免得走了半天脑海空空而无印象。为此，抓住特有景点并安排好路线，收获匪浅：墨尔本大学—棋杆公园—柯林斯街—费兹洛公园—南雅拉高级住宅区—可谟宅邸—战争纪念馆—维多利亚艺术中心。

每到一处稍听介绍，然后就是拍照留影。

最难忘的是皇家植物园，那里的树，有古老苍劲又肥大的树根，像艺术杰作，显示澳大利亚的大自然与古老，也有青翠的新树，新老相间，如一间户外课堂。

植物园附近的战争纪念馆，外形奇特，远远望去像座古堡。登上石阶进入顶层，可见市中心和史旺斯顿街高耸的建筑群，雄伟壮观，令人心胸开阔。

不料，"姑娘"的脸说变就变，黄昏乌云满天，暴雨即降，只好趋步回家。

刚到家门前就闻到菜香了。姚夫人亲自下厨，做了几道拿手好菜，三人举杯围坐，谈艺术、人生、异国情怀，过去、现在、将来，谈到绘画时，姚画家兴奋无比，情思高昂……

十多年来，为中国绘画走进世界，为创造发展中华绘画艺术，姚画家努力、刻苦、奋斗，不仅在异乡的艺术殿堂站稳了脚，且获得许多荣誉，但他并不为此骄傲，艺术的大海是广阔的，他的画是属于世界的，其笔下的袋鼠、牛、羊、马已"飞跃"于世界各地……

他说着说着，即时起身走进画屋，在宽大的特制木板上，挥毫一匹强壮、生气蓬勃的飞马，旁边写上一个有劲的"搏"字。

是啊，"人生难得几回搏"，就看你愿意不愿意上阵啊。

接过他送给我的画，我顿时扫除多年来屡跌屡起的倦意，仿佛驾着飞马在草原奔驰，继续人生难得的拼搏……

　　饭后姚迪雄夫妇建议到雅拉河畔散步。

　　车子在墨尔本市史赛塞街停下后，我们朝着富林达斯街方向走去，这里是市中心，如同香港尖沙咀的夜晚，灿烂多色的霓虹灯下，人群熙攘，不同的是商店早已关门。夜风清凉，需披外套，富林达斯车站与附近的圣保罗教堂，欧洲式的古建筑，如两件艺术品屹立雅拉河畔，显然，这是英国殖民时期的产物。

　　此时，姚画家建议到富林达斯公园散步。

　　也许澳大利亚人不喜欢夜出，公园内游人寥落，我们仨，站在木桥旁栅栏前，面对雅拉河，对岸是星罗棋布的灯火，闪闪烁烁，像镶在天幕旁的一串明珠。姚画家说，澳大利亚土地虽大，他只爱墨尔本，余生不再他迁。从他的意识里，再次体会到异乡的第一站第一个住所，同样能给人情感并影响着人的一生。

　　偶尔有数位青年骑着自行车从身后擦过，姚夫人总是敏感地回头看看，并嘱咐小心为妙，这种警戒是与最近一段时期澳大利亚传媒界的排亚裔种族歧视有关。

据姚夫人介绍，有次光天化日下，一洋妇在街上拿伞打前面行路的女亚裔的头，警察与其他洋人见了，竟然无动于衷。

因她有顾虑，左边栅栏旁黄簇簇草地上供人休憩的花椅虽空，我们也不敢前往小憩，但这并没有影响墨尔本留给我热情多彩的印记。

荷兰农民

初到荷兰在齐伦镇小住期间，跟随友人拜访了当地农民，才对欧洲农村实况有所了解。

米西开车离开齐伦镇约半小时，就直达蒙里的家门口。

蒙里是地道的农民，除说荷语外，不懂得第二国外语（一般受过高等教育的荷兰人均懂得四国语言）。他有六个兄弟姐妹，他们长大后均进城另谋发展，只有蒙里继承父业，继续务农。

时值夏日，空气清新而凉爽，四周是肥沃平坦的农地，牛羊在恬静地食草。附近有一所训练猎狗的学校。

蒙里住的是座独立花园洋房，屋前有一座很大的仓库，里面放置各式现代化农具、汽车等。屋内设备齐全，除电视、音响等现代家用电器品和沙发家具外，柜上、墙角、门窗上还摆放了许多花盆，将室内点缀得生机盎然。

蒙里父母坐在火炉旁沙发上喝咖啡，虽是耄耋老人，但精神矍铄，看上去只有六十多岁。母亲身穿花连衣裙，见窗外来了客人，连忙起身招呼。

不一会儿，门"呀"地开了，蒙里刚从鸡场回来，他出售了一批鸡蛋，随手将一沓钞票放进柜内，外表不修边幅，穿一身工作服，手指粗如树皮，身上还留有一股鸡味儿。

别看蒙里外貌土里土气，他的兴趣可不少，除了看管养鸡场外，平时喜欢听音乐、打猎。此时，他进洗手间洗好手，转身到室内拿了一只小野鹿标本，又取下挂在墙上的好几支猎枪给我们看，他说他有打猎执照（欧洲除有打猎执照外，还必须到政府规定的猎场打猎），这只小鹿是他处理的标本。

在旁喝咖啡的老母亲却焦急地告诉新朋友："蒙里今年已经五十岁了，还没有结婚，我们老了，真为他担心。"

蒙里听了，不好意思地走出去。

友人安慰着老人，私下却告诉我："蒙里的父母是庄园主，留给蒙里一大片农地，价值起码上亿港元，而蒙里天天在鸡场工作，就是没有女人肯嫁他——他太执迷鸡场了。"

我笑了笑，对米西说："像蒙里这样的农民，在欧洲不会太多吧？"

米西立即摇摇头说："相反，不少哩。现代人无论从事什么行业，单身汉均不少。"

蒙里的父母世代务农，父亲已八十多岁了，身体仍很硬朗，此时，他突然从沙发上站起来，拉着我的手到屋外，带我参观他的农具房，农具房很大，里面放着拖拉机、摩托车等，还有蒙里的私家车。

老人从农具房角落里取出一双木鞋给我看，我说这是什么啊，他说这是下农田用的荷兰传统木鞋。我说，这怎么用呢？又硬又厚。老人笑了笑，连忙脱掉鞋将双脚装入木鞋里，来回走动，并示范着耕作时的动作。或许是年龄大了，看他趔趔趄趄的样子，真怕他跌倒。

他摇摇头，笑哈哈地慢慢走到农田前，背着一大片绿油油的草地和正在嚼草的牛群，对我说："拍下我的木鞋和背景，告诉你家乡的人，这是荷兰农民。"

这时，蒙里驾车回来了，父子带我们参观鸡场。

附近有四座大鸡舍，每座鸡舍内均有三千多只鸡，舍门一开，鸡群"咯咯"喧哗起来，蒙里走到鸡群中示范起现代化的养鸡法：输送饲料，处理粪便，让鸡下蛋，运蛋……全套机械化操作。最有趣的是蛋房，机器自动排列好大小不同的鸡蛋后，便开始鉴别有无受精，将它们分开来，至于箱装的数量多少以及安装等工作，均由电脑控制操作。

我告诉蒙里香港的惠康超级市场内，常常看到标有荷兰产地的鸡蛋，可能也有他的一份劳动成果呢。这下蒙里笑不合口，立即从木架上取出好几层放有鸡蛋的纸板，叫我带回去尝尝。

不一会儿，老人回屋去了。蒙里又驾车带我们到农地参观。

农地约离鸡舍两千米远。土地肥沃、平坦。农田中央有几排长长的豆荚和青绿番茄，蒙里说这片农田是租给别人的，他们已不要这些豆荚了。

米西和我一起走到田里看了看，面对排排的嫩青的豆荚，立即鼓励我去摘，蒙里随之催米西帮忙，说尽量摘，别浪费。

回到屋里时，太阳已偏西了。

虽说是黄昏，阳光依然明媚温煦，主客围坐在花园的白色圆桌旁晒太阳，喝咖啡，谈论伊拉克并吞科威特的新闻……突然，附近的果树发出了"沙沙"的声音，蒙里回头一看，原来是邻舍的小孩像猴子般从树干上滑下来，地下的小竹篮里已盛满了啤梨和苹果。

蒙里走过去拿了几个水果放在白桌上说："吃吧，这是我家的果实，痛快吃吧，还可以任你们摘取。"说完带我们走过花坛和扶桑，果然，有一棵高大的苹果树和一棵梨树，果实将树枝压得弯弯的。

我站在果树下，呆呆地望着果子，可是，怎么爬得上去呢？恨不得时光倒流，像当年的故乡——屋前屋后，尽是龙眼树、荔枝树，还有柚子、黄皮……秋天一到，我便像猴子般爬到树上，坐在树杈位边摘边吃，不但挑大的，看到隔壁四婶的龙眼时，总以为"更好吃吧"，于是，爬了一棵又一棵……

其实啊，四婶早就发现了，只是从不责怪之，听到我说她的果实比我祖母的好吃，才说我是傻丫头……

整个夏季，我几乎将水果当饭菜，吃饱了便在树下与小朋友搭红瓦小屋，做游戏……

此情此景，让我不由地想到，无论是东方还是西方的农民，他们的秉性均是如此的善良、敦厚和可亲……而一些受过教育的城市人，怎么却是那么的狡诈、自私和不可信？

我将想法告诉米西，他笑而不答。

我则忙着收拾青豆回家呢。

回城后，我和米西将三袋的青豆荚分别赠送给邻居和朋友。事后，听到他们直叫好吃的称赞，不由得又想起蒙里一家人和那农田的一片青嫩豆荚……可惜不久，米西搬了家，我们也很少见面了。

数年后见到米西时，他告诉我他帮蒙里介绍了一位来自中国江南的女人，她带着一位四岁的女儿。

又过了几年，有一天，突然接到米西的电话，说蒙里得了癌症，已是晚期，立了遗嘱，所有农地和财产留给妻子的女儿继承……

我听了，呆了一阵，心里顿时升起一股难以言说的情感，复杂又难受。

礼　　物

秋天郊野层林均染，到处如诗如画如歌。但这几天小城的薄雾弥漫不散，潮湿的空气令街道旁的梧桐树叶变得复杂多彩，同样是叶子，却有青绿、墨绿、淡黄、米黄、褐黄、褐色、浅棕、咖啡色等，随着秋风飘飞、飘落——几家店铺门前仍留存着夏季开过花的盆栽，等候明春花球"死里复生"，重生枝叶，满枝花朵。

这天文具工艺品店的老板阿里站在花墟旁，顺手拔除了几根墟内的杂草，墟内的玫瑰残枝能否经得起冬天的霜寒还是一大考验，然希望总比绝望好。

他才三十多岁已呈秃顶，长得又白又胖，蓝眼睛机灵有神，每天均更换整齐的服装，显然十分重视形象问题。虽说近期的生意并不太好，他却仍然对所有的顾客笑容满脸，和蔼可亲。但真正了解他的人都知道他表情是一回事，实质又是另一回事。尤其对于非洲、中东、东亚等的顾客总是小心翼翼的，只要他们进店购物，他就倍加小心，不时窥视防盗镜，或故意在走廊旁柜内移动一下货品。在他的印象里，这群人不论货品大小贵重与否，均喜欢小偷小摸。

午后四时，雾气越来越重，天色已昏暗。突然电话响了，他趑身而去。

这时，一位八九岁的亚洲男孩推门入店，孩子满头潮湿，头发黑而油亮，身背一个蓝色的小书包，滑动着乌黑的大眼，在店内慢慢地观赏一排工艺品。开始的时候，只是观看而已，后来就拿起一两样东西左看右看，前看后看，有时用手摸了摸后才将货品放在原位上。

店主挂上电话即没有出声地留意着孩子的动静，然而，当男孩发现老板在注意自己的时候，有点害怕地退缩了。

孩子刚离去，店主就走到刚才男孩站过的地方，认认真真地数看着货品。由于店面不大，货多走道窄小，为了防偷，超过十五马克的玩意均以绳子相串地系着。

　　尽管没有什么新发现，但阿里心里仍存烦躁与不安，因昨天报上还看到一则消息——本国的罪犯最多的是外侨，尤其是小偷。可眼下没有证据发怨和不满，但又无法证实那孩子的清白。

　　他的疑心并非毫无根据，连日来，孩子放学后就到店内东观西看，还拿起一两种小玩意问价格，如音乐盒、花雕杯子等，阿里一一回答。如是有问有答了好几次，一样没卖成，店主就懒得说话了，以"决定了再问"一句话搪塞之。周末孩子又到店里东挑西看，阿里差点想把他赶出去，但这天阳光明媚，欧洲人的心情总是与气候有关的，何况刚出货几件玩具，赚了点钱就将孩子忽略了。他想看看窗外的天色，但玻璃窗被叮叮当当的小挂灯、从中国进口的小狗小猫等七七八八玩具遮住了，不由得又注意起那位男孩子。男孩觉得他在看着自己，很快跑出门。

　　翌日下午，雾消了，凉风吹着落叶，不时地转变着方向往巷口去。男孩踩着几片贴地的多彩叶子，继续往阿里的文具及小艺术品店走去。

趁店主不在意的时候，孩子又悄悄进入店内，他站在货柜后面，阿里一时看不到他。不久，阿里听到一些细微的窸窣声后决意将小偷抓住，便蹑手蹑脚地走过去，在孩子的身旁突然出现。孩子吓了一跳，捧在胸前的小白瓷盒子差点丢在地上，他怯怯地仰起头，不敢正视对方的眼睛，看着他的脖子说："我想买这个。"

"你想买？"阿里疑惑的眼神直逼孩子的大黑眼睛并迅速地从孩子手里夺过瓷盒，看了看放回原位，流露不耐烦的神色说："想买就付钱，不买就算了。每个人都像你一样，我要关门了。"

"我的钱还不够……"孩子低下头，微弱的声音带些颤抖。

"钱不够就买别的嘛。"

"我想要这件。"孩子指着柜上的白瓷盒。

"奇怪，钱不够又想买？"店主发出一声冷笑。

"我想买给妈妈。今天是我妈妈的生日。"孩子泛动着失望的眼神，乌黑的眼珠宛若嵌于水波中的两颗宝石。

"买给妈妈？"阿里重复着孩子的话，多日的烦躁与疑惑顿时被"惊奇"冲垮，他不再出声，默默地站在那儿。待心湖的浪潮渐渐平静下来的时候，才轻声地问还差多少钱。

"三马克。"孩子利索地说。

这时，阿里的脸孔像被一种无形的风雪吹刷着，渐渐泛起了红晕，脑际不住重复着"买给妈妈"这句话。心想，多乖的孩子，多懂事的孩子，确实，有生以来第一次因孩子的话语而感动了。联想起连日来自己的不耐烦态度，他深感愧疚，一种潜意识的震撼与感动如同一只美丽的小鹿在他心头攒动，不由得从柜上取下那个白瓷盒。

仔细看看，这个圆圆的小瓷盒是多么清简啊，唯一可欣赏的不过就是瓷盖上有一双凸出的小鸟，它们分别蹲在S形分开的圆盖上，面面相觑，母鸟身旁贴上一小朵红色的蝴蝶花．旁边有个红色的心形图案，公鸟旁则镀有金色英文 LOVE 草字。突然，店主伸出右手摸摸孩子的头说："拿去吧，好孩子，便宜三马克了。"

"真的？"孩子又高兴又怀疑。

"真的！"阿里随之回到台前，用一张美丽的包装纸包裹好瓷盒，端端正正放在孩子手里，孩子向他鞠了躬，道了谢，转身而去。

心想事成了，孩子的心像秋夜里的星星，明亮而宁静。

"真的好美啊！妈妈一定喜欢。"小韬越想越高兴，记得那年圣诞节妈妈带他上街看彩灯时说："此后和你相依为命了。"

"什么叫相依为命呢？"小韬心想，"爸爸不要我们了，幸好，妈妈高兴的时候特漂亮，悲伤的时候也很美。今天，妈妈一定很开心。"

孩子在行人路上跳着，走着，快到门口的时候，立即停止脚步喘息一会儿，刚想敲门，门开了，母亲望了他一眼很快关上门，往沙发上一坐，什么也没说。

平日这个时候总是母子一起晚餐的，但此时妈妈坐在沙发上看六点钟的电视新闻。

"今天怎么还不做饭呢？我饿了。"孩子将书包放在小桌上。

"今晚我们到唐人街吃面条好吗？"妈妈脸上没有笑容，好像不太在意他的话，也没有心思看电视，只是叹息说："真的，要不是为了你……"

孩子被妈妈的叹息疑惑了，他看了看妈妈，妈妈的眼圈有点红，不由得问："因为我？你刚才哭了？"

"没有，为什么哭呢？"母亲瞥了孩子一眼，抿嘴一笑，眼呆呆地看着电视重复道："妈妈为什么要哭呢？"

"今天你怎么不笑了？你不笑就像生气的样子，是不是不满意我的成绩单？"小韬有点忧郁起来了。

"听说你爸爸最近要结婚。"母亲眼神充满无奈与哀伤。

"你妒忌啦？"孩子突然醒悟似的问道。

妈妈反问："你知道什么叫'妒忌'吗？"

孩子道："妒忌就是不高兴。"

妈妈顿时觉得一股心酸冲上心头，眨了眨眼睛，尽管太阳穴处非常热胀但还是竭力平息心湖的波浪，不在孩子面前流一滴泪，因为自丈夫走后，她决意不让孩子过早地知道人间的无奈和不幸，凡是"伤口"都容易弥散出腐朽的气味。世界多宽阔美丽，孩子的天地是美好、温柔、友善的，尽量减少污染啊。

这时，母亲突然伸手按着孩子的小肩膀，母子互相凝视，孩子在猜想妈妈今天到底哭过没有，母亲于他稚嫩的目光里看到希望得到安慰。已过的日子曾经像小虫似的时时嚼食着她的心灵，但最终渐渐被良药驱逐杀灭。哎！要不是今儿听到的那则消息，早该欢欢喜喜地为自己点上生日的蜡烛了。

岁月可以冲淡刺伤的痕迹，也会带来新的宁静与智慧。"孩子啊，妈妈从来就没有妒忌过什么，妒忌的人是愚蠢的。不想做愚蠢的人就不会有妒忌的心境。"想到此，母亲微微一笑，说："走吧，我们到外面吃面条好吗？"母亲的脸色开始好转，孩子转身走向书包拉开拉链，取出礼物，双手端到妈妈面前，蹲下唱道："祝你生日快乐！祝你生日快乐……"

妈妈被"突然事件"惊住了。她睁大了眼睛，看了看孩子，小心翼翼地打开包装纸，啊，多么圣洁美丽的礼品，活了几十年，还不如孩子懂得挑选，很快地，她被一对白净的小鸟和那上面的字意图形吸引了，立即拉起蹲在面前的孩子，将脸紧紧贴在他的细嫩脸孔上。"好孩子，谢谢你，妈妈明白了。"是的，妈妈什么也没说，她被融化了。

一切都已停止，停止在一种感觉、希望和渴望里。

"妈妈，希望你有一天帮我找到一个好爸爸，就像这对小鸟一样，朝夕相处不再分离。下面的盒子是个窝，等我长大了，给你们买一幢大大的房子，让你们俩住在里面……"

"乖孩子。"母亲不停地抚摸着孩子的头。

"刚才那位老板也摸了我的头，说我是好孩子。为了挑一件妈妈喜欢的礼物，我到那里看了一个星期，可惜我存的零用钱不够，还差三马克，开始时他不肯卖给我，后来知道我要买给妈妈做生日礼物，才少收三马克……"小韬激动地叙述着购物的经过，好像经历了一场难忘的际遇。

母亲认真地听着，不住点着头，含笑的双眼再也控制不住泛滥的泪水……

"妈妈，你哭了，真的哭了？"

妈妈重重地点点头，带着羞赧的笑容将白瓷盒捧在怀里，仿佛想让自己的体温去孵醒那双毫无生命的小鸟。

一阵静寂，旷野般静寂。

"走，吃面条去！"母亲拎起手袋，牵着孩子的手出门。秋夜的景致别有一番风味，夜风啸啸，落叶层层，灰蒙的天际，闪烁着几颗罕见的亮星，想来明天会出现和煦的阳光吧。

第三辑　我在我思

第三篇 未来花园

乡愁意识的再思

近期中国的许多有识之士，都在热心地谈论"跨世纪"的中国形象问题，这是件令人振奋而有意义的事。

回顾近百年，意义非同一般。20世纪上半叶，世界经历了两次世界大战，下半叶科学、技术的飞速发展，创造了前所未有的经济奇迹。中国在20世纪里也发生了巨大的变化——推翻封建帝制、中华人民共和国成立、失误和发展，海外华人的命运随着祖国的变化而变化。

海外华人背井离乡，到异国谋生，是为无奈所驱使。世界上没有一个国家的人民像中国人在地球上分散这么广、这么多。中国的凝聚性和向心力也是别民族所少见。海外华人是祖国的亲人，国内家人发生重大问题时，海外亲人便起着重要作用。因而，六千多万的海外华人力量不可低估。

在这"跨世纪"的重要时刻，海外华人应扮演什么样的角色呢？海外华人的价值在哪里？为什么海外华人对中华文化传统那么眷恋？为何他们会有说不尽、道不完的情思——乡愁？

尽管现代通信、交通发达，减少了他们的部分乡愁，然而，他们在心理意识方面仍离不开"游"字。但，什么叫乡愁？简言之，乡愁就是存在记忆中的乡土文化意识。生存在文化有差异的他乡，若遇到悲欢、喜怒、哀乐的事儿，更易加添乡愁的沉重感。

在中国，从北方调往南方的工作者，因环境习惯的改变也会产生乡愁。但海外华人的乡愁多来自中西文化的差异，处在依恋传统文化与接受异国文化的矛盾或冲突中，因各人的文化及教育背景不同，呈现乡愁的内容、形式也不一样，形而上的档次自然也不同，唯有一点相同：均源自中华文化的一部分。

那么，什么叫文化？

著名哲学家梁漱溟说，文化是"吾人生活所

依靠的一切"。狭义上说，文化通过文字表达体现为文学、艺术、思想、学术、教育、出版等；广义上说，文化包括政治经济及其他各方面。我个人认为，文化即各民族智慧与习俗的结晶。

所谓民族传统文化，中国人的定义是"支配着社会历史的进程，凝聚着亿万人民的向心力"。西方人托马斯·斯特尔那斯·艾略特认为传统文化是"有助于人民认识到什么是比自己更重要的东西"。也就是说，传统具有全面意识及已确定的特性，具有延续性，并被历史证明是最有效、最具生命力的。然而，经历代的战争得失与分合，大多数国家的文化多多少少受外来文化的影响而成了"混血儿"，而中华文化是"独自创发""岿然独存"。

西方文化从中世纪到近代已发生了许多变化，如"文艺复兴""宗教改革""人文主义""启蒙运动"和"人权宣言"等。可想而知，人与社会都是运动体。当人开始意识到"个人""自由"能带动社会经济的发展，同时也带来不少问题，便以为战争能解决问题，然而，事实并非如愿，第一次世界大战后，西方又重新回到讲究传统的社会本位上去了。

中华文化的重心是儒学，它形成于诸子群起、百家争鸣的春秋战国时期，其重要典籍有《论语》《大学》《中庸》《孟子》等，虽然在近百年来西洋文化的冲击下，"几近失其故步"，但儒家思想仍然是中华文化的内核。

当海外华人接受了两种文化后，他们自然而然会做比较，这就难免出现碰撞、影响、冲突的现象，加上在生存与发展的挣扎中，产生的种种意念，也是乡愁的重要来源。

此外，乡愁也来自人的天性，即"野人恋土，小草恋山"，自有文字记载以来，就有乡愁的记录：如"独在异乡为异客，每逢佳节倍思亲"（王维）、"举头望明月，低头思故乡"（李白）、"月是故乡明"（杜甫）和"亦欲举乡风，独唱无人和"（苏轼）等脍炙人口的诗句。细致入微地刻画了乡愁，成了异乡人魂迁梦萦心境的写照。

有位九十多岁的老人，尽管在海外生活了七十多年，却不曾忘记童年的轶事和故乡的山水风情。看来，随着时间的流逝，多数人越老越恋旧，越思乡。也有因时间空间的改变产生语言障碍、地域陌生，心境矛盾徘徊、错综复杂，民族间心理的鸿沟造成的孤独感，令他们自觉或不自觉地将自己放在"夹缝"或"边缘"位置。这种特殊理念表现为一面是"梦"的世界，不断地怀旧，另一面是"醒"的世界，为生存而拼搏；一边是"热"的切望、幻想和期待，另一边是"冷"的冥想、失落和咨嗟。总之，有单纯真诚，有消极唏嘘。或白天饮酒，夜晚冷漠；或顺境自乐，逆境自嘲！这一切流露出人世的沧桑及对命运的无奈。尽管如此，但他们在不知不觉中，起了宣传中华文化的作用——世界各国唐人街的色彩风貌及华人的饮食文化、建筑风格。华人社团组织的节庆活动，如狮子会、划龙舟、端午节粽子、春节烟花，以及世界各地所建的孔庙，均如实表露了乡愁的意蕴。

当然，移居海外的华人各自历史文化背景不同，反映在他们身上的乡愁意识的形态与深浅也不一样。

一位文化程度不高的老华侨，乡愁可能是对旧时山水的怀念，喜欢回忆小时候年节婚嫁等风俗习惯。我这里所说的乡愁是高层意义上的民族性，即如何将乡愁化为对民族文化有贡献、能起推动和催化作用的意识。

确切地说，不要强调和停留于现状引发的乡愁，既来之，则安之，也要寻找出路，想办法发挥自己在现实中的作用。如与主体文化加强联系，配合自己的需求，发挥乡愁意识在主体文化中的催化作用，为祖国在 21 世纪建立好形象做出贡献。

具体地说，可以从下面几点着手。

提高国人素质是当务之急

一代优秀人才如领袖、发明家、思想家、文学家的出现，需要良好的政治经济环境，也需要发展文化的氛围。以法国文坛为例，雨果、大仲马、梅里美、乔治·桑等，均出现于 19 世纪初，20 世纪则出现了马尔罗、埃梅、萨特、雷蒙、格诺、阿达莫夫等著名的作家，这说明，一代人才不是什么时候都能产生的。人才需要栽培，当然也离不开社会实践。光想会说不够，对于海外华人来说，就是要及时地、积极主动地把海外先进文明信息传递给祖国。

发扬实事求是作风

一方面将源远流长、博大精深、丰富多彩和光辉灿烂的中华文化弘扬出去，让他们了解中华文化是人类文化光辉灿烂的一部分，曾对世界文化做出巨大贡献，如四大发明对西方 14、15 世纪的文艺复兴打下了物质基础，中国儒学对西方 17、18 世纪的启蒙运动发生了重要影响。另一方面，也要看到中国传统文化的弱点和不足。

自五四运动以来，中国就提倡民主科学，问题是，怎样发扬和继续？海外华人在这方面能起什么作用？这是一个值得深思的问题。

促进中华传统文化的现代意义

儒学是否还有生命力，关键在于儒学是否能成为现代意义的一部分。其实，儒学中有许多思想同时具有现代意义，大有作为，如"修身""养性""齐家""治国""平天下"，强调从个人到国家在道德、礼仪上的文化价值，民族精神的实践过程和升华若与现代唯物论相结合，重新提倡和发展"格物致知""诚意正心"的教育意义，将对提高人的素质和认识"自我价值"起重大作用。如春秋战国时代，儒学将"人道"置于"天道"之上，把民置于神之上，荀子的"水可载舟亦可覆舟"，孟子的"民为重，社稷次之"等思想，若结合当前一些地方发生的官僚主义、以权谋私及贪污腐败现象，不就发人深省吗？

还有，孔子的"四时行焉，百物生焉"，老子的"有物混成，先天地生"，子产的"天道远，人道弥"，种种对天命鬼神的唯物观，与当前社会上出现的鬼神巫婆、算命打卦等迷信活动是否有启示作用，或者说有重提再思的必要？

正确对待西方文化

近几十年来，中国在寻找出路，西方也在寻找出路。他们有他们的"苦衷"与"社会问题"，他们试图在对东方世界的研究中寻找答案。因而，中国对西方社会"取其精华、去其糟粕"的意识，应比以往任何时候都更强烈。

综上所述，乡愁是对传统文化的依恋，也是寻根意识的根源，因而，通过对中华传统文化和西洋文化的比较和再思，在发展中互补前行，那么，海外华人的乡愁意识，就会进入另一具有崭新现代意义的境界，为 21 世纪中华文明的建设，做出可贵的贡献。

双重时间

——21 世纪交接的刹那

时针照常地运转，人心则很激动。宇宙虽然没有脑袋，却有五官与表情；空气没有躯体，却在经历母性子宫洪厚神秘的阵痛。

这是一位特殊的新生儿，一切生命体系都在等候千载一瞬的到来，看那披戴数码的冠冕。

大地嘻嘻地笑，风变幻无常，或呼呼地吹，或轻盈飞荡……世间引以为荣的权势、财富、荣耀此时被抛得远远的。于是，我穿梭于颤动的空间，摄取时辰的风景。

我悄悄地拨开窗帘，他坐在摇转的安乐椅上，对着小镜子抚摸世纪的霜发，须臾，他将镜子摔到地上，闭上眼睛，只留着心灵在说话。

是谁将世界四分五裂，建造各式各样的人生舞台，表演悲喜万状的戏剧，制造种种情绪与感受？

光阴侵入他存在的内体，体现一种苍凉的哲学，它，是静又是动、无形又可见，可爱又可恨，我忍不住说："快死吧。"

他突然睁开眼睛，将皱纹推到额角，对着我哈哈大笑。"孩子，进来吧，除了你，没有谁有兴趣听我的陈述……早晨，晚上；今天，明天；吃药，休息。一切努力均为了那一刻，世界的庄严让我觉得我曾活过——为肉体的存在，思维的波动，也为社会、政治、战争、民俗而活……人生真有趣，胜败输赢，什么是标准，什么是定义？白人黑人，美与丑均在悲欢、得失、成败中打滚，绕了个大圈子，得到了希望又开始失望，最终还是回归到荒芜。"

我忧郁一下，有了耐心。

"记得我年轻时候的美貌、爱情、友情、事业、家庭。为了希望，追求之外还是追求。理想、幸福，日思夜想，夜想日思。

"也将希望注入血管，为了永恒的和平、友爱与团聚，并与异见搏斗，在历史的车轮下挣

扎……不怕威胁、坐牢、流血、殉道，也没有后
悔。咳，随着事实与经验才渐渐熟悉政治的本质
与道德的圈套。于是，我便忘记世界的存在。此
后，只与自己的灵魂对语。世界看着我，有时祝
福有时扼杀。我没死，我活着，但我什么都没
有，如今，能在此清静孤寂的陌生的楼房已算万
幸……但愿……东方也好，西方也好，不要躲在
墙角蠢蠢欲动，挑破隐毒的脓疮，抛弃恶意的猜
疑……孩子啊，说话吧，你应该咆哮、发怒、呼
啸，刮起狂风暴雨，卷席大地……因为——历史
是我的也是你的，不能乞求原谅与怜悯，将挽救
放在遗忘的伤痕上……"

　　很久没有看到这样古怪奇特的老人，我现在
不希望他死，倒愿意减短我的寿数增添他的年月，
愿医生帮助他。

　　地在颤抖，空气在沸腾，光在彷徨。无月无
星也无云，一向寂静的街巷喧闹起来了，风声、
叫喊、鞭炮、乐鼓如同庞大的道具，交织成沸沸
扬扬的交响乐……

　　我虽有点累，但不甘寂寞，顶着倦意，注视

着我的邻居。

他开了门跨出门槛，却不知道该到哪里去——无论什么地方，多一人少一人无所谓，地球照样运转。

他沿着运河毫无目的地走了一段路，在跳跃的音符里寻思声乐的功能，又在充满气味的空气中想象彩色的图案。他想回家又不想回家，想前进又后退，想说话又沉默，想活在世界又不想属于这世界，想放弃努力又舍不得愿望，他不时耸耸肩膀，仰起头看看深空，希望见到慈祥脸孔的老师，但又不敢正视。

他一生都在怀疑、矛盾、耽搁中度过，他俯身取了一条荆棘将自己绑起来又将它解开。

他无法摆脱自己，便用牙齿咬破嘴唇，指甲扭捏身上的神经，或像罪人静静地站在犯人栏前等待审判或皮鞭。

他健康、精明，是父亲又是儿子，是教师又是学生，为了种种的责任，走过黑暗战胜疲累，终于功成利就，可以喝喝酒、唱唱歌，不过，现在，也许是天上冠冕上的钻石碧玉太夺目闪亮，庄严得令人可畏，令他惶惑不知所措了。

他终于挺了胸下了决心告诉我——我要脱下假面具做个真正的胜利者，求你帮助我给我力量，让我更新，远离不为人知、隐约可悲的罪恶……

我同情他理解他，虽无法指使，但为他的信任而祝福。时间只对活着的人存在意义，但这个年代，睡者比醒者多，即使醒，没有"悟"也等于白活。

时针一秒一秒地滑过，他有点紧张，拧了烟蒂丢入垃圾筒，不再沉醉外面的热闹和诱惑，告别彩灯，转身回家。

我被他的认真感动了，不由得跳到他的屋顶，悄悄地洒下一道光，屋内顿现一条莹莹的路，在黑暗中闪烁，他跪在光里，告诉墙，他害怕、高兴又紧张，他站，他跪，他飞，他思考，他喝香槟，走过来，走过去，换衣服，戴帽子，生怕这一夜过去……

人是宇宙的孩子，光起身拥抱了他。

彩灯缤纷、花球飘飞、鞭炮响滚，人类所能精心设计的花招全部用上了。只有思想喜欢冲击历史的藩篱，在灵魂中跳跃，有人回顾、展望，有人疲倦、内疚，有人理智，有人感性，有人哭，有人笑，有人拍拍胸膛问心无愧，有人身处佳境则忐忑不安……而我，喝醉了，扮着五彩奇异的怪脸，跳着滑稽的舞步，东窜西走，搭车过海，悄悄进入集体结婚的宴会。啊，真迷人，文明，古老；男人、女人，寻找快乐幸福，却是一致的。少女如花似玉青年英俊风趣，一位黄头发、灰头发还是黑头发的年轻人见我甚为兴奋，塞给我一张纸。

我走到角落打开一看，原来是篇妙语连珠的广告，句子像夏天的阳光烫手，还有各式图案、数字、符号，我叫了个助手解读，他笑我傻说我笨，最后看看我的眼睛说："别装蒜。"

我不傻，就是理解不透——什么蒸汽、发电、电能、电话时代告一段落了，什么电脑世界令人本位化，它将解构社会，无须男女肌肤之爱，机器喂奶，网上教堂、交友、购物、阅读……什么经贸、传媒、工农业在它面前适存逆亡……

一位助兴人脸色一变，将我抓起往天空一抛，说，你也让位吧！

于是，瞬间大厅金碧辉煌，光芒四射。

　　婚宴正达高潮时，我的眼睛突然被光刺瞎了。正想埋怨，助兴人塞给我一副眼镜叫我套在头顶，咦，不仅看得见前面还看得见后面。

　　没有人同情我，大家都在驱赶我，讥笑我，夜鸟、树林、泉水皆沉默了。我因将被遗弃感到悲哀，心想，历史是人还是路，到底是人做路还是路引人？

　　"当，当，当！""轰隆隆！""哇啦哈约！"美妙的钟声与轰隆的炮响如母亲腹中婴儿滑落而出，发出奇特的声音，是哭是喊，是音符是声乐，无人在乎，反正是一种佳音——人性梦幻的乐声。

　　地上石头纷纷飞滚，树叶相互接吻，风敲着每一户人家窗户，云朵在天空开花，星星洒着香槟，月亮披着光圈，星球共颤，天地生辉……多么美好啊，生命是火花，希望是鞭子，时间则是一位孩子，在双重时间交接的刹那，我则举着照相机，于是，有人用力一挥摔丢了我的相机，胶卷脱手而出倒挂在被火花烧焦的树枝上——老人已死，中年在求助，青年已跳出菲林，迎接他的千禧儿。

简约的快乐

　　清晨起身拉开窗帘，哦，春天到啦！明媚的阳光在玻璃上点点闪烁，举目望之，忽见窗外玉兰树秃枝上的小苞头露出嫩绿的芽蘖，在风中对我快乐地摇曳着，两只知更鸟在枝间跳跃，时而发出悦耳清脆的鸟声，时而抬起头向我点点头。哇，我一向视为白白而来的自然赐予，此刻显得如此珍贵、美好！打开窗户，我深深地吸着清晰空气，万里晴空上的白云让我忘却所有，心神为之一爽，决定不再晚睡晚起，错过欣赏清晨美景。

　　走出门外，春意活泼嫣然，青草抖擞，郁金香摇曳，报春花树金黄灿灿，花园泥地上的蚯蚓在钻动，新到的小鸟在玉兰树上叽咕叽咕嚷叫，春风拂面而至，清晰得让人文思奔涌。忽然，邻家的黑猫悄然而至，蹲坐路旁，睁大眼睛看我，我不由对它道："早安！"

美丽的春景怡然我心，花草树木皆能引发我的灵感，连忙回屋，记下此时此刻的心思意念，感恩大自然！我奔涌不绝的思路，想写想倾诉想告诉所有熟人，我是多么快乐，尽管昨天刚收到一封电子邮件说以后纯文学没有人看啦，我依然自言自语："大自然是多么奥妙，生命是多么美好，人生是何等短暂，不知什么时候来，也不知什么时候消失，仅仅一次的存在，何能不珍惜不快乐？何况，固执也是一种力量，有人坚守清纯信念、公义仁爱，世间才有快乐和希望。"

猫儿听了竟然喵喵道："傻大姐，你老啦！"我笑答猫儿："老是一种荣耀和福气，你终究是猫，依靠人才能存活，满脑只知道香味和食物，被主子一呵，就想报复咬人。"哎呀呀，正因为老，我才知道什么是真快乐，什么是真幸福，什么是真财富。

黑猫不服气道："人类比我还贪婪呢，除了色味香外，还像苍蝇扑屎一样向往名利位！"

小精灵，你让我心怦然跳动。与其贬议人不

如自省，因人性难改，那些认为珍惜生命就是尽情满足物欲享受情爱的人，实质上内心没有真快乐，真平安！且让各种麻烦有增无减。我在人间红尘滚滚中闯荡，直到有天发现自己接触大自然后，竟然爱它们胜过爱人类呢。也就是说，接近大自然的山水林荆、花草鱼鸟，让我顿然清醒，领悟那亘古低调、默默无言的大智慧、大境界！同时发觉人类的渺小与无知！更坚定地崇尚"清心的人有福了"，决意将心灵深处的"垃圾""烂人"清除出去，转而倒入快乐和简约。

"喵哦，能领会真快乐、真幸福、真财富、真高贵，确是有福的人啊！那，又何为简约呢？"黑猫好奇地问道。

"人人追求快乐却快乐不起来，整天处在焦虑、恐惧、彷徨、不安的心境中……地球产生资源危机，山与海生气啦，地更不客气……哟，说多了，忘了你是猫！"我本欲扬长而去，随之回头补充道："心清了，简约自然而至。"

因为简约，童真即漫溢心田。

一阵微风吹起我的衣襟，哈，春天真好，清

逸的风、淡淡的花香、温馨的泥土芳香。门前道上，几天前，排排樱树含苞欲放，而今，满树嫣然，粉红的、殷红的花朵火辣性感，婀娜神秘，粉嫩的花瓣如少女般风情万种、妩媚多娇，然而，轻风下，竟流露凄婉的深情，叹道："你们啊，有年复一年的四季，我只有瞬间，悄悄地来，火焰般开放，给人惊喜和美感，随之如飞而去。"我轻声答道："樱花啊，你虽短暂，但美如诗，魂如歌，是我的灵魂永不消逝的诗章，何况你我的时间概念不同，我何尝不是短暂如你瓣上的露水，朝来夕散。幸好，自从学会感恩后，才知道存活的真谛不在于灿烂的开放和潇洒的离之，而是过程：无愧天、地、人，就是最美的快乐！"

我接着说："每天漫步在美丽的莱茵河下游河畔，啊，马斯河虽身处下游，却无怨无声，幽静平凡，不像我曾经观赏过多瑙河源头的游轮、联合国大楼门前的人群，他们总是名利双收，受人赞美、歌颂，被人献媚或虚夸，便自鸣得意！看啦，马斯河一点都不在乎，更没羡慕或转身看望！荣誉不是求来争来的，嗯，马斯河自尊、自信！守住独自的情操和志向，我由衷地为你感到自豪和幸运呀——身处海河交接处，承受那么多滚滚而下的泥沙和污染，依然船桅屹立，集装箱垒垒，为繁荣经济替世人接载传运。再看以为身居上游自鸣得意的水流，又唱又跳又沿途散发银珠儿，夺人眼球地奔啊，跳啊，唱啊，临到海岸时，因承受太多的冲动和污浊，竟然被小河带往田园渠道或蓄水坑里呢……可见，不是所有的河流，都能奔往大海！"

黑猫听着听着睡着了。"毕竟是只家畜！"我不屑一顾地离去！

马斯河前往的是洋洋北海，它大气、坦然又有气度，不但没有拒绝坚持直奔其怀抱的任何河水，还能接纳并与其共处。

不知不觉，我走到了北海岸畔，轻风依旧，空气清新，海面悠然平静，大海啊，你不卑不亢，傲然自在，亦歌亦泣，接纳命运赋予的一切，难怪，世人将你视为宝贝，你不仅气度开阔，视野高远，且性情高贵！我作为一位漂泊的异乡人，有缘常常漫步在你的岸畔，不但能赏景怡心，享受简约的快乐，还能独自抵挡在人群中穿梭的"魔鬼"抛来的一切冲击和诱惑。是啊——过往，我常从看书写作中获得快乐，可惜，那快乐是短暂的，一旦出门就容易受到干扰，遇上从荆棘或草丛飞来的吸血蚊或小黑虫，快乐随之扫落。足见，真正的快乐源于灵魂深处的觉醒，因着它的简约与洁静，安详清宁、自在幸福的快乐亦滚滚而至。

此景此情，我心潮澎湃，忍不住由衷地感恩大海，昂首歌唱："这一生最美的祝福就是认识你……"

虽古怪但不冷眼旁观

——女作家的家庭与社会参与

女性文学渊源久远，早在六十多年前，谭正璧先生撰写的《中国女性文学史话》，就是为女性扬名的。书中陈述了自汉至清的三百四十多名女作家的文学生活与轶闻逸事，并引用了约六百首诗词、四百余首曲子，还有剧本、小说、弹词等。

女性文学不仅为中国文学增添光彩，也是文学史上可贵的一部分。

欧美的女性文学，在 18 世纪已引起评论界重视，但真正成为一股潮流，还是在第二次世界大战后，尤其在 20 世纪 60 年代，妇女解放运动高潮促使女性文学的再兴，如英国的多丽丝·莱辛，法国的莫尼克·维蒂格等。

无论东方还是西方文坛，在探讨女性文学的

同时，均十分重视女性在特殊社会环境、地位中扮演的角色。确实，只有客观地正视男女的差异和生活中的不同感受，才能在文化领域建立公正的评论标准。

女作家在家庭与社会上扮演的角色，正是特殊环境里的典型女性。

既为作家，必具有才气，然而，女人的才气往往造成她命运中的困难和障碍。

在家庭里，兼作家与主妇于一身的女人，难得像男人一样，每天有规定的写作时间，或一坐就是数小时，妇女即使安排好了家务坐下来写作，也会因"静"而想起遗漏的"干扰"：厨房的食油快完了，孩子的尿片没了，某人的电话忘了打，等等。

她们常常是一面想写作，一面起身办事，如此"坐""起"数次，看看表，呀，烧饭时间到了，便得老老实实回厨房去，将灵感置之度外。

有时灵感"一发不可收拾"，也会因丈夫、孩子的突然敲门，或叫喊肚子饿，而中断写作。

若想两全其美，常常是厨房慢火煲汤，人在

书房写作，然而，一旦忘我，结局呢，不是闻到焦味，就是锅底烧裂了。

多数女作家写作时还需要"陪伴物"滋润灵感，即使没有八十多岁的英格兰女作家卡特兰德的古怪——卡特兰德创作时必有两只狗陪伴，自己身披被单，脚踏温水瓶上，也或许少不了香烟、酒、咖啡、茶等的刺激。

女作家生活不但无规律、吃睡不定，还有各种特性和嗜好：如晚上写稿，上午睡觉；好胜、清高、孤傲等。这些习惯和性格容易引起男人和孩子的不满，怨声四起。此外，女作家也会因处于不被人理解，也无法被人理解的矛盾中，而感到心灵压抑、情感受挫，从而厌弃婚姻生活……也就是说，女作家的爱情婚姻生活，十之八九是失败的。

意志坚强的，像卓文君面临被遗弃尚可作《白头吟》；想不通的，如美国凯特·肖写《觉醒》中的女主角，不愿做家庭囚犯而自杀身亡。

独身女作家也未必"幸运"，外界投来的目光，不是尊重羡慕，就是同情怀疑，或视其为

"古怪"。

现今的女作家比旧时女学人扮演更复杂的角色，不但有安娜·卡列尼娜的爱情觉醒，还有社会理想的觉悟。其寻求的不单是在社会上与男性平等，参政意识、经济独立等问题，还将自己放在文化层面中思考和探索，争取更多的选择与自由。在肯定自我潜能的同时，积极争取个人在社会上的发展，以减少独身生活的孤独感。

集事业、家庭、创作于一身的女作家，表面看来风光、完美，暗地里却满腹牢骚，工作与创作的矛盾，因家务孩子占用时间，引发无法随心所欲创作的烦恼……

于是有人认为女作家最好的归属是找个不愁"饭碗"的丈夫，可是，哪里去找这样的如意君郎？即使找到了，在养尊处优的环境中，又能写出多少好作品？

无论女作家在家庭或社会中扮演哪一类的角色，大体说来，她们既有女性的普遍情感和意识——在生活中感受同样的追求和失败、受辱与反抗、困难与寂寞；也有女作家对现实生活的独特敏锐感受和反映——不接受纯生物、本能的欲望与一般世俗，对子女、工作、人生、结婚、离婚、婚外情的评价和估计，也是别具一格的。

当然，由于各人的生活目标，文化背景、性格经历不同，对生命与文化意识的审美尺度长短、宽窄也有所区别，所以，每一位女作家均是一本"书"。加之商品社会、新旧文化的冲击，出现许多既高尚又荒诞的混合理念，女作家肩挑的重担有增无减，为了与时俱进，她们通过自我呼唤、追寻和实践，将对社会、生存、婚姻、家庭、子女、美学、哲学等的感悟，倾注于作品中，也就是说，在文学艺术的天地里寻找灵魂的出路，读者也可从她们的作品里看到社会生活在她们心灵中的折光。因而，尽管女作家在家庭与社会上给人"古怪"的感觉，但她们不是旁观者，也不是冷眼看世界，而是比同时代的女性更投入更关注，并于生活一起燃烧与发展。

厕所文化

厕所文化是近年新兴之学。但真正关心其重要性的人仍然不多。

厕所不过是为了解急，其只占一天二十四小时中的几分钟而已，好坏洁污都是瞬间的事（因病难解久坐者除外）。但谁能离开厕所呢？只是同为厕所，贵贱美丑有别矣。在中国古老建筑学上，曾有过造型奇特富有艺术性的厕所，如安徽出土的东汉"绿釉陶楼厕所"模型，占地少，厕所与猪圈综合建筑，一消一吸两全其美，汉代《刘安别传》中有拜厕所神之说。以上均反映了当时江淮地区人民的厕所文化现象。

但这种绿瓦翘檐的美观厕所到底不是普及事物，大多数人还是无法顾及厕所的命运。在相当长的中国文化里，厕所往往不被重视，其位难入大堂，不是在屋边、屋角、屋后搭个坎，就是提桶入屋。

以桶代厕所是古老的厕所文化之一，桶虽然幸运入了屋，但仍被视为不雅观的东西，无论放在哪里，主妇必用一块长帘布遮住。

就说名城上海吧，倒马桶、洗马桶，得在大清早无人之时进行，怕人见了不好看。厕所被视为肮脏不洁，见不得人，因为不被重视，厕所越发肮脏、恶心。乡间尤甚，我童年居住的乡间，数千平方米四合院，大大小小房舍，竟然没有一个厕位，厕所安置于四合院外的巷角里，因公厕无人理会，夏季厕所旁爬满蛆虫，从小巷经过的人不是捂着鼻嘴而过，就是对厕所啐口水。

城市的厕所不会好到哪里去，只有解决睡房厨房等大事，才轮到厕所的位置。

尽管厕所不得人心，但一天不上厕所的人恐怕得看医生了，我常常为厕所的命运鸣不平。

厕所虽装的是污秽东西，但运用起来则是一宝。古老民族就是利用粪尿代替人造肥料的。肥料可育蔬菜，蔬菜又进入人的嘴里，如《圣经》

记载，人吃的是又香又甜的洁净东西，出来的却是污秽的，是因为人内心肮脏之故。当然，这不过是个比喻，却富有哲理，现代人谁都知道粪是食物进过消化、酶化、发酵后的残渣。

残渣不得随便弃之放之，故需要厕所。但厕所——不应装潢华丽，否则就有铺张浪费之疑。西晋有个巨富叫石崇，十分重视厕所的装潢，将其扮成"绛纱帐大床，茵蓐甚丽，两婢持锦香囊"。"石崇之厕所"意在揭露以锦囊拭秽暴殄天物的奢侈行为。可见，厕所就是厕所，花神太多叫人生奇，接受不了。

随着科技的发展和生活水平的提高，厕所的命运也有所改变。不但渐渐被人重视，且冠有厕所文化之名。

可惜与所有的新文化现象一样，厕所文化得与钱挂钩才见效果。可不是吗？出外旅行，凡是花钱而入的厕所便与众不同，不仅干净，服务员还会殷勤地向你递纸巾。记得有一次我在匈牙利离境前因无零钱，无论怎么向守厕所的老太太解释，她就是不让进。

在钱的作用下，厕所不仅无臭干净，且有香味、艺术和文化特色。

在西欧，公厕造型别致，像电话亭一样雅致美观，外来者不注意难以看出是厕所。门是自动开闭的，法郎、马克、荷盾均可，一次一盾。

如厕的时候，还有音乐播放，叫你轻松愉快，不要焦急。

洗厕工人不觉得比人低一等，他们开着汽车，穿着制服，用现代工具清洗，主动向过路人打招呼："你好！""早安！"

一般住家的厕所是最受重视的地方，几乎所有的新旧建筑物中，一进门，侧边就是厕所。

厕所里有镜子、洗手盆、擦手巾、抽气机，墙架上摆有精巧的工艺品、玩具、假花、香水等，厕座下铺上各式各样的小毛毡，我的一位德国画家朋友，竟然在厕所四壁上挂满了画。

荷兰人一般家庭的厕所，坐厕对面总挂有一幅如月历似的厕所历，厕所历制作十分漂亮，有颜色、花边、日期，主人在每张厕所历格内写上亲人好友的生辰备忘录。

其理论是——坐在厕所板上最有时间呀，不如看看"对面"——一可欣赏美画，二可提醒自己看不该忘记的备忘录。

也有人在厕所墙上挂上名句，如老约翰在他住家的两厕所内挂上亲手木刻的牌子："今天不能解决不要焦急，明天就行了""做人不能只进不出"等名言……假如能一天背一句，积少成多，收获非小。这么看来，厕所文化应该大大提倡发扬了。

徐嘉炀的后现代水墨画

进入 21 世纪的今天，整个世界的文化都在重整，都在延伸，身为现代中国艺术家，更身担各式各样的压力。一方面有源远流长的中国历史文化传统，另一方面又受西方的思想文化影响和冲击。

中国的绘画艺术已经发展了数千年，从远古的原始艺术到后期发展成一种在世界上具有独特风格的艺术观。中国的绘画艺术与中国的诗词歌赋同样受到儒家思想的影响，天地为大，人只是属于大自然的一分子，而非主宰者。中国绘画是用茫茫大地、重重高山以及各式各样花草树木来象征人性的最高境界，如梅兰菊竹就被画家表现为最高人格的歌颂对象。

中国绘画艺术由早期写实进入文人画，数千

年来形成洋洋大观的各种风格。历代以来经过无数艺术家的探索与实践，中国绘画的各种技巧与形式，发展成为一套严格系统的理论。每一幅画面上的一点一画都有固定的形式，如其他文化艺术一样自成一格。

当我们在观看京剧演出或听一出肖邦的钢琴演奏时，很容易知道演绎者在艺术造诣上的成就有多高。中国绘画艺术同样发展到了这一种层次，往往可以从一幅画作上绘出的点、线、撇、捺看出这位作者在创作上的功力有多深、天分有多少。在这种情况下，到了今时今日，千千万万的中国画家如同为固定的轨道所限。如果想表现个人的风格，真是难乎其极！

徐嘉炀先生是其中的一位中国画家，在前期的创作过程中也只能跟着前人脚印，一步一个脚印向前行。他曾经挣扎着想创造现代画，不料从一个极端走入另一个极端，以他自己的话来说："既要忠于传统，又要追求创意，弄得不古不今。"

他苦思默想，然而，"现代绘画"没有给徐嘉炀指引出一条新道路。

现代主义发展到今天约一个世纪，已形成一种条条框框的包袱和固定观念。确切地说，现代主义呈垂直发展途径，是受同时代其他文化、社会、政治等的影响，即追求艺术的纯粹性、清澈和次序，以及基于结构的逻辑、梦的逻辑——材料与形态的完美，确信客观真理而避免主观的感情因素和表现，用科学逻辑方法论创造出视觉的风格。

其实，艺术成就的高低之分很大程度取决于原创性意向，当然，这与艺术家的才智和思想有关。通俗流行的画作虽为大众所接受，却上不了艺术的殿堂。

现代艺术家具有优于常人的地位和声誉，因而，让现代画具有普世的价值也更具意义。但这是一条艰难的道路，不是每位艺术家都能走出好样来。

徐嘉炀先生在尝试探索现代绘画艺术的过程中，遭遇到前所未有的压力。在传统绘画艺术的包袱未能卸下时，突然进入一个截然不同的现代绘画艺术里。于是，在他创作于 20 世纪 70 年代后期的作品中，我们可以感受到作者那种彷徨无主的意识：既失掉传统中国文人画那种飘逸和清雅的精神，又缺少西方现代绘画艺术注重画面逻辑的结构和艺术的纯粹性。简单来说，在这个时期他的作品既不是现代画又不是传统中国画。画面上只呈现出视觉上的效果，注重偶然性的技术表现手法多于作品上的"深"与"广"的意念。

到了20世纪80年代初期，彷徨于中国传统绘画与西方现代艺术道路上的徐嘉炀，认同了在美国发展的后现代主义。

后现代主义，不单是垂直的衔接，也呈水平方向的并行，重新组合新的、有异于现代主义的美学观点，推翻艺术的纯粹性，相信艺术不只是在艺术间存在，更交错其他的类别，允许艺术与俗物共存，允许艺术使用媒体素材的自由，允许矛盾对立的存在，允许挑战造成的破坏解构，可超越原有的表面思维，让机缘造就未发生的可能。

在这种理论指导下，徐先生对后现代主义的理会是："文化并没有'先进'与'落后'之分，只有'地域'或'空间'的差异，人类社会和文化的演变存在多种可能性……不同民族不同文化的不同艺术和宗教表现，不存在优劣等级体系，也不能声称今优于昔，后现代主义的文化价值观就是肯定了这种人类历史和文明演变的多种可能性。"此后，徐嘉炀的后现代作品原则上不受预定规则的限制，故不能用我们熟悉的艺术作品分类法去归类，更不能用已经决定好的判断来衡量评估。

其后现代水墨画具有新的审美角度，与纯粹单一的风貌表达相异的手法，综合传统中国之笔墨架构及抽象意念，完成的画面有时难以分辨先后新旧，超越视觉上的平面限制，将新和旧，古典与现代，传统和先锋的因素折中共存，这种兼容并蓄、多元多样的艺术，再现了主题形象或写实形象的新意义。因熟悉水墨画的技巧和画意，而能于笔法上随心所欲，相互为用，造型中求平衡，虚实相生，墨色层次变化丰富。加上善于捕捉自然造化的瞬息万变，凝聚刹那间的美感气氛，掌握山林茂盛、层峦叠嶂的气韵生动，为中国水墨画开拓了新的道路。

20 世纪 80 年代后期，徐嘉炀的后现代水墨画渐趋成熟，他的作品，既有中国传统文化的特点，又具有当代人对艺术追求的要求。也就是说，将中国文化遗留下来的观念重新演绎，表达出属于当今的艺术，这种艺术超越一切形式，属于一种主观的感性和激情，不囿于所有表达形式、手法、材料、媒介、题材等，在画面上既有中国传统文化的影子，高山、大河、风云、花树……又有当代人所喜欢的色彩、题材等，画面多样化，避免重复化、形式化、概念化、程式化，情之所至，便于画面上尽情抒发作者对美的追求和遐想。

由于受道家老庄的思想影响，徐先生选择的题材都以描绘大自然为主，无论是悲秋、咏雪、春郊、夏暑，日、月、星、山川、大海，均隐隐然透出大自然的生机，在梦幻与现实的景象中，流淌着一股清泉般的纯洁，体现出一种天人合一、超然脱俗的境界。从色彩上看，一扫传统中国画中的灰暗、模糊调子，色彩缤纷，线条有力，观之让人感到生机勃勃、心胸宽广。

西方的后现代主义，虽然在文学、建筑、哲

学思想上已出现了新的理论，但仍处在探索的萌芽期，而后现代绘画艺术只具雏形。中国画艺术家不知不觉地摸索着创造了后现代艺术。然而，路漫漫兮，究竟是要随着西方的文明踏入后现代阶段，还是追求现代主义精神，或坚守传统画艺，中国文化精神将面临考验。可以说，在后现代水墨画领域里，徐嘉炀表现了一种全新的中国画种。当最终后现代艺术被认同时，相信中国绘画可以进入一个新的领域，并将成为世界艺术殿堂里的一朵奇葩。

穿越疫情的哀思

　　西欧冬季多雨潮润，昼短夜长，下午四点天色已黯。因而每年冬季，欧洲人都喜欢前往东南亚诸国观光，或到南欧蓝天碧海处度假，躺在海边的沙滩上，享受日光浴。我生来与"水"有缘，从"在水之湄"漂到"在水之湄"，那年偶尔漂至荷兰，竟然喜欢这儿清寂纯朴的生存环境，也爱雪洁白无污，可惜，雪景一年比一年遥远了。尤其近年来，随着气温增递，大自然的四季次序渐渐乱了套，该冷不冷，应热不热。荷兰也不例外。自去岁步入 2020 年后，初冬到深冬不见雪影，幸好近处的柏克湖依然美景如画，工作之余常到湖畔与花草树木、白鹅绿鸭会晤。

　　荷兰虽是小国，但风景美丽，盛产美女和鲜花。荷兰人对自己也是精打细算，解决温饱之后，便是尽情享受，视每年度假为生活不可缺少的部分。国民素质高，自觉遵守国家法规，社会安稳，慈善者众，人民幸福指数高。

轰动世界的新冠病毒新闻与信息满天飞扬，其间，意大利、伊朗、韩国、日本多国染疫，世人均笼罩于阴影里，心悸害怕。这时，荷兰人仍热衷于一年一度在德荷边境举行的狂欢节，人们穿上各式各样稀奇古怪的服装，身携奇特少见的工艺品，跳啊，乐啊，拥抱，接吻，随意而自在……这下乐极生悲！不久，荷兰传出第一位新冠肺炎患者是参加了狂欢节的人。不久，3月到了，趁春假前往意大利的登山滑雪者，回国后接二连三地染疫了。3月3日，WHO表示"新冠肺炎可防可控"，3月9日却改口——新冠疫情构成"大流行"的威胁"已变得非常真实"。

其时英国首相约翰逊借用荷兰早期国家公共卫生与环境研究院提议的"群体免疫"，加以强调。这时，荷兰国家公共卫生与环境研究院和市政卫生服务部门，向吕特首相提出关闭学校，指导国民特殊时期不要聚集，三五朋友见面彼此也得相隔一米半。然而，国民依然我行我素，烧烤、到海滩日光浴、湖畔散步。政府的直升机用喇叭多次提醒要相隔一米半，人们依然如故。

从3月1日的五位染疫者升为二十四人，然后上百、上千……染疫者日日俱增，国民开始抢购日用品、食品等，蔬果肉类一扫而空。傍晚，电视台播出医护人员下班回家却买不到食品的无奈。很快地，吕特首相正式公告，超市所有货物，供应五年没问题，随后政府派人帮护士购物，老年人到超市优先。3月16日开始，荷兰染疫人数日益增加，新冠病毒导致患者呼吸困难，急需呼吸机救助，惜荷兰供应数量有限。著名的飞利浦公司正忙于生产美国诸多医护治疗用品的订单。这时代尔夫特理工大学的十五位学生，得知众多病人因缺少呼吸器而死，即利用"禁足"时间，运用医学知识和技术融合法，购买网上呼吸器的配件，在大学校园区内制造和组装相对容易生产的零件，用两周时间日夜加班成功研制一种简易的呼吸器，并经鹿特丹伊拉斯姆斯大学测试通过。消息一出，英国卫生部即要购买数千件设备，不料该团队表示赠送而不收费。随后他们又收到国外的许多订单。一位学生说："为确保其他国家的需求，我们愿意在互联网上共享我们的设计，让他们可以使用自己本地的资源来制作产品。"自3月至今，荷兰共有逾四万人染疫，五千多人死亡，总体看来，确诊与死亡数字在下降。

当染疫者超过万人后，人们关注的就是每天新闻报道入院与死亡的数字了。还有，一旦灾难与政治相碰，那将比死亡更凄苦可怕。此后，各自为了某种目的，相互埋怨、推卸责任、攻击、精致利己或幸灾乐祸的假帖日渐增多。这时，病毒就在暗处嘲笑人类："嗨，我一蠕动，你们就那么害怕、惊慌、恐惧、紧张，所有这些，不过害怕死亡！"

平日引以为傲、高高在上的科技、哲学、伦理、医学、宗教、文学及艺术之壮美，瞬间如爱默生所形容："生活是一个泡影，一个疑问，一个在梦中做的另一个梦。"其实，文艺复兴时期彼特拉克在给友人的信中便写道："我宁愿自己从未诞生：没有天庭的闪电，没有地狱的烈火，没有战争或任何可见的杀戮，也会出现死亡弥漫。有谁见过如此可怕之事吗？"

确实，世界是无法用逻辑和想象来解释的。走笔于此，窗外阳光明媚，周遭一片祥和，没有人戴口罩，也不用"禁足"了，该说该办的事，政府已竭力做好，一旦国民愿意自律，进院与死亡人数已一日比一日减少。

是啊，疫情从发现、扩散到遏制，整个过程离不开人的作为，如果在这过程中能悟到遇难时，人与人之间能少些私欲、争执、计较，多些反省、宽容和仁爱，那么，对所有因这场疫情而刹那消失生命的人，也算是一种道歉吧。

回眸·惊奇·欢喜

　　上海，是我心中一座如歌、如诗、如梦的名城，在它起承转合的苍凉命运里，有悲喜浮沉的音符和诗句，也有无数人难忘的故事，我家也不例外。

　　母亲祖籍萧山，先辈在清朝当过官，外祖父曾在上海法院工作，她记忆中的童年是听唱片歌声而起舞，到澡房问用人镀金的水龙头是什么做成的——幸福美好的生活随着北伐军进驻后日渐没落。听多了妈妈的故事，上海也成了我童年的神往、青春的梦乡，于是成年后继着父母亲之缘在上海恋爱，在上海结婚，在上海初为人母，在上海享受侨眷的特殊生活。可惜，人是无常的具象，"变换"才是人生的真谛，在一个火热躁动的夏天，也是在上海，开始了我人生流离漂泊的生涯。

三十八年辗转而过。上海留给我太多的记忆、太长的故事，无限感慨无数悲喜，早已在心灵深处编成段段心曲、片片图景，然不敢触动、不想翻阅，生怕导致美好愿望的流失。其间回国路经也是来去匆匆，印记模糊，谈不上稀奇和感触。没想到，初秋"品味上海"的活动，上海在我心中重新苏醒和复活，使我有机会再识和感触，并深深感悟，品味一座城市就像了解一个人一样，需要时间、诚意和了解。

主办单位出于理解，是次安排我避开了游览游人皆知的外滩夜景、豫园、城隍庙、南京路上的传统老字号等上海印象，而是参观走访过去被漠视的文史"经典"、少为人知的离岛以及改革开放三十年的新区建设面貌等。

新视角新发现令我大开眼界，我自然也萌生了许多新感觉新思想，尤其是参观走访了土山湾博物馆后，惊奇又欢喜。

惊奇的是博物馆就在我曾经居住过的熟悉的难忘的徐家汇区，而那时候，竟全然不知道。

欢喜的是"上海醒了，悟了，眼界心胸开阔了"。当我在土山湾博物馆里看到"孤儿院"的真实历史情况后，确信了人性中有着美好的共性，也觉得土山湾博物馆展现的绘画、木雕、印书馆等不仅为后世研究中西文化艺术交流提供有力的证据，也说明了敢于纠正偏见和误解、尊重历史和事实，才是"文明""素质"的体现。

上海做到了，为中华历史做出了榜样。

事实证明，这座世界名城不仅有着具有人文历史意义的古老别墅、现代化摩登大厦以及影响中国经济命脉的诸多金融和科技等产业，还以其崭新的文化建设姿态重建上海形象，迈着与时俱进的脚步，融入全球化多民族多文化的和谐景观里。当然，也令我这异乡的游子深信：上海，明天会更好。

三趣

——异乡生活剪影

人的生存方式方法多式多样，有人喜欢热闹看重名位财色，有人向往简单宁静自由自在的生活。在人生的档案里，这只是"选择"和"个性"问题，没有固定的话语权。虽然每人的经历均不一样，体验生命的感受却有"深""浅""多""少"的差异。此外现代人口多、竞争大，加上诸多的社会问题，想安身立命并非容易，能"虚室有余闲"就更难了。所以曾幻想过——假如灵魂果能不死，陶渊明和梭罗就能听到我的声音："历史在发展，社会在进步，如今是科技信息时代，依然有人神往'静念田园好，人间良可辞'的生活呀。"

渴望清静生活的目的是为了有"余闲"，有

"余闲"才能"自趣自乐"。然而，想达到这个愿望并非容易，同样需要时间、努力和过程。

首先是居住问题，有了它，才谈得上情趣和品位。

对于有钱人，购屋易如反掌。可惜，常见豪华居所内多是商气、酒气、阔气或名气的流露，难得看到几本好书。我之所以强调好书是因为它能启迪人的思想，影响行为，提高素质。曾见有些屋子书室宽敞，书柜整齐，台灯华美，还有高价的桌椅和办公用品……便想象自己若在其中居住，不知有否灵感和创作激情？因我早期的作品是在卧室的小桌或饭桌上完成的。但转念又想："有间自己的书房多好！"

然而，希望和现实毕竟是两回事。只有"人生归有道，衣食固其端"，才谈得上书房。在居无定所的漂泊生涯里，书房的梦想显然是"奢侈"而"荒唐"的。好在天道酬勤，那年秋天，终于拥有自己的居屋，首先关注的自然是书房啊。可是，入住那晚，我竟然坐在友人送我的瑞典名椅上左右摇摆，痴望书籍，感慨万千，彻夜未眠，忽而起身看看书是否放错了位，忽而觉得孔子和苏格拉底的塑像应该摆在一起，忽而将那些具"名望"的书放入书柜的最底层……

自此，书室无形中成了我的"避难所"，也是我实践人生"三趣"的源头。

人是"伟大"和"卑微"的交融体，"卑微"的优势是无须思想便能行使，而"伟大"则需要磨炼和牺牲。人之"脆弱"是因为即使想追求士大夫的"士志于道"，也难以抵挡世俗权位和财色的诱惑，所以圣人的可贵和价值就在于此，他们的形影虽然消失了，精神却留在时空里，影响着时代、震撼着人心，令尘世无论如何浑浊，都仍有光明和希望。可见，天地之大历史之悠久，唯有文化艺术才是人类精神的家园，是它——容纳和梳理了人类的思想、情绪和灵魂的真谛。

书籍是文化的具象之一。我爱书，它是智慧的化身，也是我灵魂的伴侣和生存的凭据。在我人生的"三趣"中，"书趣"居首。有了此趣才能"独趣"，又能从"独趣"中体悟"天趣"的奥妙和快乐。

数十年来，一如昨日。在这里，没有刘禹锡往来的鸿儒，也没有仕途的权贵，更闻不到铜钱味，只有心驰书海，神游世外，每有心得，欢喜若狂、不知时辰地抒写内心的蕴蓄。

"书趣"的收获是令我在艰辛怠倦后没有沉沦，反而能透视假象和诱惑，领悟人生真谛，并相信只有自强不息，才是唯一的出路。还让我明白自己前半生仕途坎坷历经沧桑是由于生命的本质不喜欢浮华和庸俗，然而，仅在多难的现实里磨炼还不够，尚需要大师的雕琢洗炼，去之棱角和杂质。

生活在缤纷杂乱的尘世里，"书趣"虽好，仍无法满足我对"时空""价值""意义"等诸多问题的疑惑及遐想，好在有"独趣"和"天趣"的弥补和支持。

因职业关系我不必上班或整天在外活动，为不让"无聊"占据我的宁静，除了读书、写作外我还喜欢做家务，将它看作沉思默想后的一种愉快消遣，买菜做饭，吸尘，洗刷，清理橱柜杂物、书籍和衣物……逢大热天特意选择擦窗晒物之事，让平日少有机会出汗的肌肤如经桑拿后似的汗水淋淋、身心轻松。

居所位于莱茵河下游近北海的宽敞河口中的半岛上，半岛内除了树木草地就是富有民族传统风格、清静雅致的居屋。白天，两旁河面上的游轮、商船、帆船来往穿梭，河水有涨有落，却没有泛滥过。"海"与"河"的交接处还时常停泊着世界著名的游轮。半岛附近的东西两方可见两座连接河畔的桥梁，东边红桥优雅壮丽如一具放大的艺术品，西边船桅形的白色吊桥闻名于世。凭栏而望，可欣赏世界著名港口的独特景致，夜景就更美了，河两旁的欧洲著名银行、保险大楼、歌剧院和海港古迹等彩灯闪烁，或流连婉转或静默自持，恬静雅适，没有华丽耀眼之感，也不影响我对"独趣"的喜爱，一有时间，我就沿着河畔的人行道健走，安详自在。

除适应住所的环境外，我还喜欢到城郊去，无论在林间的人行道上散步，还是坐在湖畔的长椅上进行日光浴，均深感人若想获得真正的心静，不全然取决于环境因素，最重要的还是要给自己

"独处"的时间，只有这样才有机会关注我和我自己、我和社会以及我与宇宙的关系，明白了这些问题，那么，无论身处何境，无论何种性格，均能心灵富足，安宁欢喜，不为外物所动心。

至于"天趣"，不仅富有"独趣"安然自在的心境，还令我从前半生"甘贫却不甘贱"的挣扎、努力和执着中解放出来，找到扫除心灵拉杂的秘诀，渐渐远离药物，不为形体所奴役。

逢好天气，坐在住所附近河畔的木椅上，看，灰鸽在空中飞翔。撒面包碎的老人来了，它们立即飞扑而至，水禽也摇摇摆摆地爬上岸，不看人脸色，不违背本性，淡泊自在，即使吃不到也不叫扰，对老人也没有趋炎附势的酸气和腐味。

阴天或下雪的日子，半岛尤为宁静，坐在窗口，眺望窗外景致，但见自然处处有禅机，只是我们没有时间和心思去寻找与思考……是啊，那平日微不足道的天机，趁此机会穿透我的灵魂，向我敞开智慧的门匙，一片青绿，一曲虫鸣，一阵落叶，一场雪景，一张蜘蛛网，一朵云彩或一股泥土的腥香……都能引起我的惊奇，甚至怦然心跳、灵感及至……

　　它们的生存形象和姿态，令我意会生命的短暂和有限，而我原本认识的人生和钟情的世界，同样是这样的魔幻和渺小。以有限设计无限，用渺小碰击浩渺，如何能领会那泱泱宇宙的奥秘？实在无知幼稚！

　　世情纷杂、人心诡谲，上天却不唾弃不憎恨，总是充满慈爱怜悯，奉献和给予，万物各得其所，各尽所能，一如那浩渺的北海连着河面的平静水波，互相映照，明艳生辉。可见人与自然的和谐相处并非虚幻复杂，只要对其尊重和虔诚，就能获得书房里所没有的启迪和收获。

　　日复一日，我在享受"书趣"，领略"独趣"，体悟"天趣"的生存空间中，不但常常神游象外、物我两忘，还能知足常乐、舒适自在，甚至将"三趣"视为"神趣"呢。

宁　　静

青青的草，静静的水。无人无声也无色。

宁静的环境，也需一颗宁静的心，方能成事。

宁静的反面是热闹，“五色眩目”“五音聩耳”正是热闹的写照。“热”令“心”不能静，“闹”使“意”不能专，心意未静未专，岂能成事？何况，酒色财气将空间污染了，人置身其中，难辨善恶真假，无法认识万物本相。

所以，古之智者早就发觉宁静的好处了。

《老子·十六章》：“致虚极，守静笃，万物并作，吾以观复。”《庄子·天道》：“夫虚静恬淡寂漠无为者，万物之本也。”

心宁才不会被世俗缠心熏心。心不受任何主观客观因素的干扰，是专心致志的关键。

心静令心明眼亮，明亮才能体察人与事，透

视出事物的内在和本质。

近代文豪鲁迅先生谈及伟大人物时，认为伟人之所以能"洞见三世，观照一切"，是因为"深入山林，坐古树下，静观默想，得天眼通"。

"观"与"想"需要宁静，因而，有志者必须从热闹中抽离出来，即鲁迅所说："离人间愈远遥，而知人间也愈深，愈广。"

宁静不是避世而是超俗，宗教以静作为"无为"的实质。哲学和美学更将宁静视为审美对象的标准之一。

可想而知，宁静多么宝贵。

我爱宁静，生存期间，实在有福。

文　学

你是我的希望，我的快乐，我的生命。

那一天，在荒漠冷瑟的原野上，当我低头沉思漫步的时候，想起了你，将你带回来，栽种在我的心田里。

从此，没有季节，没有昼夜，为你歌唱，为你欢喜，将我心里一切疑难和迷惑化作细细的沃土，换来你生命的芽蘖。

因为你的存在，使我陶醉，忘记自己，忘记世界。泉水为你而流，赞歌为你而唱。

沙石流水总是从你脚下冲过，无论何时何地，你屹然不动。

当我懈怠的时候，你随风摇曳，向我招呼；当我失望的时候，你绿意如翠，青泽欲滴。

不在你面前，我心纳闷；在你面前，又不知

所措。

世界变了，在这喧闹无边的日子，你挣扎向上、勉强扎根，我为枯萎忧愁，却不知所措。

蜂看我沮丧时就叫我理睬花朵吧，到颜色多、香气浓、美丽诱人的花丛去。

我看看百花园，真是热闹，群蜂绕绕，花姿妖妖。

但我还是走开了，回到你的面前。

我你相对，才能有真正的笑容；相识相知，甘心为你辛劳，并将你视为我生命的一部分。

我的灵魂啊，我不想刻意妆饰或糟蹋你，那是对你的玷污。也不希冀你将开什么花，结什么果。

只想耕耘。请赐我心田一块小小的净土，这就够了！

来吧，凄风苦雨，只要真诚不息，小小净土上的常青树，就永不消失。

在"欧华文学会"
首届国际高端论坛上的致辞

今天，来自法国、德国、荷兰、比利时、捷克、匈牙利、奥地利、斯洛伐克、美国、加拿大等十多个国家的作家们与国内北京大学、南开大学、厦门大学、暨南大学、首都师范大学等十多所学府或研究机构的会员共四十多位一同出席在卡夫卡、昆德拉的故乡布拉格举办的"欧华文学会"首届国际高端论坛。这是"欧华文学"史上的一件盛事。首先，感谢捷克李永华与捷克文友们热心的支持与协助，使会议顺利召开，还有来自祖国的教授师友们，虽经远航和时差的辛苦，但仍精神抖擞准时参会，我与在此的欧华作家深表感谢与敬意。

时值春天，窗外万物复苏、生机盎然、阳光

明媚，我们相聚的会堂虽简洁无华，却洋溢着查理大学的书卷气，使我想起中唐诗豪刘禹锡在《陋铭室》中所云"山不在高，有仙则名；水不在深，有龙则灵"。谦虚地说，与会者即使非个个是"鸿儒"，至少可说"无白丁"。

这次论坛没有任何政治或经济背景，也不同于一般规模的文学联谊会，是欧洲一些痴迷文学又志同道合的华文作家经一年辛劳的策划筹备召开的。

21世纪是科技发达信息爆炸的时代。高科技发展改变了世界格局、社会秩序与结构组合，提高人的工作效率，添加了物质享受，也提供了生活方便。遗憾的是，高科技并没有改变人类的命运，也无法拯救人的灵魂，更提供不了爱与情感，人类依然生活在恐惧、烦恼、彷徨、忧虑与无安全感中。欧洲华文作家面对高科技与经济的发展、环保受害、外来移民日增、民族矛盾加剧等现象，一方面无法割断对既往经历的回顾和眷念，另一方面生活于欧洲大陆，受欧洲社会文化熏陶，加之身处多民族、多语言、多文化的"地球村"，对人生、社会、现实、科技、人性等有所感触、体悟与思考，尤其是物欲无穷与人类内核精神文化在大时代产生"同构"的种种问题，因而想通过中西同行的研讨、交流与商议，在求索中寻找人类生存危机与文化救赎的出路。这就是这次会议的重要议题。

世界上真正的强国拥有强大的文化。改革开放三十多年来，经济发展了，但精神迷失、道德滑坡，文艺界等也存在各种卑俗现象。所以，提高国人素质，是当下的要务。文学是文化的一部分，作家应顺应时代的发展与变化，善于思考、探究与求索，将文学当文学，而不是名利场。对于"地球村"人类命运、生存危机及文化救赎等问题应富有担当精神，在传承中欧文化精华的同时应发挥脚踏东西的跨文化优势，写出大时代中的人文观景，力求创作出灵魂高贵又富新意的文学作品，写出歌德预想的"世界文学"。

歌德对人文精神锲而不舍地探索与追求，他在1827年1月31日，与年轻记者艾克曼一起进餐时，说自己刚看完中国明代小说《好逑传》，即感慨地对艾克曼道："中国不像你想象的那么怪，人们的思想、行为和情感几乎与我们一样，让我很快觉得与他们是同类。"当谈及"诗是人类的共同财富"时，歌德强调："要跳出自身狭隘的圈子，不张望外面的世界就容易陷入故步自封和盲目自满。"歌德由此预言："一国一民的文学而今已没有多少意义，'世界文学'的时代即将来临。"足见，歌德在创作与求索过程中，首先考虑的不是畅销与否或名利的轻重，而是以世界眼光关注世界公民的人与事。其高瞻远瞩、宽广的世界胸襟是值得我们赞赏的。当下，我们正处在丰富多彩、变幻莫测的"地球村"时代，我们应该有决心有信心成为"世界文学"的前行人与实践者。

古往今来，史料证明，文学艺术没有永恒不变的话语权，惊奇的思想美与独特的艺术观，往往出现在寂寞、孤独与无人领会的边缘地带，但愿在此的异乡人的文学呼唤，能为布拉格的春天增添一道光彩，并为庄严神圣的"世界文学"舞台拉开序幕。

谢谢大家！祝会议圆满成功！

关于《天外》的创作

　　谢谢各位专家、老师的到来，在纯文学不景气的当下，有机会与祖国同行者座谈文学，实在难得，我再次对各位深表谢意。

　　我祖籍福建省福清市，出生在"丝绸之路"起点的泉州，华侨世家，20世纪70年代初迁居香港，90年代初移居欧洲，现居住荷兰。一生经历了中国内地、中国香港及欧洲的生活，虽仕途坎坷，命运多舛，但植于我灵魂深处的根本东西还是中国文化。

　　我从小就喜欢文学，颇有文学天赋，但今天看来不算什么，主要还是靠勤奋和锲而不舍的毅力。在香港新闻社工作的时候，除了工作，业余时间写散文、短篇小说、长篇小说等，题材大部分跟我个人的经历与周遭人的命运有关系。

　　我是到欧洲后才对"文学即人学"有了感悟，确信了无论西方人还是东方人均离不开人的共性和个性，生存环境的变化、欧洲深厚的人文主义思想以及21世纪信息科技的发展对人类的影响，促使我想起歌德1827年1月对艾克曼论及的"总体文学"，即对"世界文学"的思考。

　　"世界文学"不分民族、身份和国界，触及的题材也是人类共同面临的问题，即人的彷徨、迷茫、生存处境以及财色生死问题。居住在"地球村"里的人，任何荣辱福祸均能牵一发而动全身，何况还有诸多形而上的问题困扰着人类——人活在世上到底是为了什么？每天忙忙碌碌又为了什么？精神和物质、灵与体、有限与无限等问题引发我对"思考"的兴趣。

　　1995年6月，在荷兰海伦芬市召开了我个人的作品研讨会，有五十多位学者专家参会，八十多岁的《红楼梦》法语翻译家李治华说"林湄的小说题材多是关注社会的重要问题"，比利时汉学家魏查理院士表示"林湄的小说两种文化背景的人均能接受"，上海社会科学院文学研究所现当代文学教授戴翊上交万多字评论"女性的命运与辉煌"的论文，以及会后有二十多家传媒进行了报道，但我觉得文学艺术是无穷无尽的，我的作品与世界经典文学作品还差得远，决意再接再厉，更上一层楼。

我知道自己没有能力去改变社会诸多现实，只好将思考融入我爱好的文学创作里，便决意拒绝一切诱惑，甘于清寂、淡泊名利，用十年时间完成五十万字的长篇小说《天望》。男主角是富有救赎思想的人，他以"简单"对付世界的"复杂"，世人觉得他傻，活得太通达太舒服了吧，他却觉得世人傻，认为众人活得又累又愚昧，个个均在追求财色和物质。

其实，以上的观念冲突是古今中外任何地域和社会环境均有的现象，即人类永远没有结论或结果的话题。相反，也永远无法去消除爱思考喜忧患的人们。这就叫"人间"的现实。

可想而知，《天望》写完了，出版后虽获中外专家好评，但解决不了任何问题。生活在继续，社会在变化，科技在发展。生命短暂，文学却没有完结——更重要的是，其间中国发生的巨大变化也影响了海外华人。华人带着完美主义的理想，从东方到西方，不料西方渐渐没落，东方却在崛起，漂泊者自然对离散、移居、身份等词语有着更多的解读和理解。我不由得想起古希伯来人说的一句话，意为人一生劳苦愁烦，却只得一口饭吃。

可见，现代高科技与经济发展并没有带给人类真正的快乐和幸福，寻之思之，其带来的副作用却隐约地影响了人类的精神生活与灵魂力度，使其潜移默化地异化，或怪诞，或萎缩，或不知所措。

借着对社会人生的忧患和拥有的创作激情，我再次用十年时间完成了《天望》的姐妹篇《天外》。

在整个创作过程中，思想相当复杂，思考多于书写，每一章、每一个人物均寄托了对社会、人性、生存、高科技发展的沉思，于是，以第三空间维度的视角叙写众生相，集平凡人的生活、际遇和命运表达人生的劳苦与愁烦及无奈焦虑的存在。书里的人物均是现实生活中群体的代表，如一个欲望的结束就是世人另一欲望的开始，永远不会满足，西方人如是，中国人也如是。

物欲的充塞，使人的灵魂渐渐丢失了，作为作家就有了负担，尽管无法改变现实，但幸好依然热爱文学，加之在日常生活中为人处世天真无知，常常看错人，做了不少蠢事，因而，写作是我承受命运的最佳状况，也是我祈祷似的生存方式。

有人说，你的小说不入流，难读，难懂，与中国传统小说艺术形式和表达方式有距离，给阅读和审美习惯带来难度与费解。确实，近二十多年来，我的创作理念和艺术追求与传统文学观不同，也与自己1995年之前的创作有所不同。这也没什么奇怪，我离开祖国已四十一年（1973—2014年），"根"既移植，吸收的"养分"就有所变化，结出的"果子"自然也会不同。为什么要一样呢？事实证明，即使在同一社会环境下成长，即使是同校同系的毕业生，也会出现不同的求索精神与出路。何况，古今中外，没有一成不变的艺术观，也无永远绝对的"正确"。或出于我智、识上的求索，或与我生存环境有关，或因我较具前缘性意识，所以，行走在文学艺术的求知路上，我喜欢特立独行，希望在探索中创作独具一格的作品，将传统小说强调故事、情节，重悬念、冲突、高潮等的创作法与慢节奏、细观察、重视人内在意识和心理变化的特征相融，在叙述命运和个人性格里反映社会人生，让艺术结构和形式更好地表达人类生命的本质。当然，更希望作品使读者有所思，有所启迪，不是看完就完事。

　　因我崇善经典，或许有些"离经叛道"，但也算是求索之道，即中国社会科学院文学研究所杨匡汉教授所说的"形而上思考，形而下观察"。通过几个家庭各人的命运和日常生活各式各样的麻烦，反映现代人的心灵被物化、财化、色化而扭曲，其心态与作为就是社会的写照，让人思索生存的艰难、无奈与感叹！

　　以天上的视角，对于红尘滚滚中人类的贪婪和无知抱有忧患意识和悲悯，中国人民大学文学研究所杨恒达教授也看出小说中的老祖祖就是救赎的"符号",人类究竟往何去? 等等。

　　总之,我做了自己喜欢的事情,并从中享受快乐和满足,至于后果如何,那不是作家的事了。现在的年轻人比我们那时代的同龄人聪明得多,要相信和尊重他们的才智和选择。因而,无论当下纯文学是如何举步维艰,我依然会痴痴地拥抱它……

高科技时代的"文学之思"

  人是地球上具生命迹象的最高客体，能透过生、老、病、死的情境感悟命运并产生思想，还能创造科学与文化艺术等。思想家称人是"文化的动物"，哲学家们喜欢梳理现象、推理逻辑，最终试图以概念解释世界诸多现象，但，终究没有答案，也不能解决任何问题。倒是"文学艺术"与"科学"的命运与演化，成了欢愉人生的真谛，主宰着人类的始终。

  人生来就有智商、情商、美丑、高矮、富贫的差异，但正常人无论男女老少，一旦饱、暖、物、欲问题解决了，便有精神食粮的需要，见到各种物象容易产生好奇、辨认的感知，进而引发想象和欲望，或借"符号"意象将感觉和幻念化作眼见的具象。如春秋时期，孔子选编中国最早的一部诗歌总集《诗经》，收入《国风》的就有周代华夏地区十五国的部分民歌。从现代美学角度看，经综合审美意识创作具个性特征的艺术品，能愉悦自我的情感，令情感获得抒发，还能在与不同群体的交往中，起着相互帮助的作用，有助于审美活动过程中的精神享受，让人从现实生活的各种羁绊与不幸中解脱出来，过轻松愉快的生活。

一代来一代去，人为了适应生存的需求，靠经验和实践制作日常生活的需用品如工具、服饰等之外，还得面对繁衍、疾病、自然灾害以及族群间关系日益密切繁杂引起冲突、产生战争的烦恼，自然而然对初期使用的工具功能和形式加以关注、改进与探究，经审美知觉、态度与判断的感悟，即是科学的萌芽。

西方中世纪，因神权高于一切，凡是人对宇宙规律的探究中有所质疑与发现，均被律法定为死罪，所以在相当长一段时间内，科学是难以自容的。直到文艺复兴以人为本的时代，科学才逐渐被重视。此外，人在现实生活中，心智容易处在错综复杂而无秩序的状态中，若想象力丰富，内在灵魂常体现在文化现象的本质中，科幻小说就是一例。科学家在虚拟交融的尘世生存，依据自然规律和秩序想达到自己的目的。"几乎所有的自然科学均不得不通过一个神话阶段。在科学思想的历史上，炼金术先于化学，占星术先于天文学。科学只有靠着引入一种新的尺度，一种不同的逻辑的真理标准，才能超越这种最初阶段。"可见，科学是比较接近文学的。

科学发明与发展令生活便利，提高工作效率和生存素质，让人享受新鲜简便、刺激舒适，还能获得经济效益。加之"运动""变化"是世界的本质，范围大至天文地理，小至布满地球的各类物种的生灭。在"和而不同"的生存状态中，尽管文化在先，科学在后，主宰世界的核心问题仍是"文化"与"科学"，虽内容形式各不相同，但关系密切。

科学概念的门匙是"数"。"毕达哥拉斯及其早期信徒的时代，希腊哲学已发现一种新的语言——数的语言。"此后科学家在改善生活需求产品的同时，开始关注宇宙的神秘现象。借着"数"发掘宇宙"运动"与"变"的原则，运用人脑智能观察、分析宇宙某些规律，依据数学、理工等原理加以整理。经实验—摸索—发现—制造技术，发明科学用品。自哥白尼用观察天文现象的仪器确立"日心说"，到爱迪生一生上千项的发明专利，以及牛顿、伽利略等无数科学家，承前继后地在为人类造福，科学已被看成是人类活动中无可匹敌的"哲学"。

人类尝到科技发明成果的好处后，越发重视科学。据科学史料，16世纪到17世纪期间，每十至十五年科学活动范围便扩大一倍。到了19世纪和20世纪，人类科学历史上的交通运输、医药、电视、通信等巨变，皆与科技的发展相关。随之，从物质、原子、元素、反应、化学工业、生物技术到力与能、声波、光与热、电和磁、通信、交通、数与形等，科研成果层出不穷。科技无形中成了人类生活不可言喻的福星——减轻和减少体力劳动，消除疾病和病痛，提高生命的寿数，人与人之间联系日益方便，缩短物流时间……简而概之，从亚里士多德到康德以来的伟大哲学传统，渐渐被边缘化了，人们的注意力和兴趣点已从地球的表面转为仰望太空的星球或视野无法触及的虚拟之处。如斯蒂芬·霍金在《时间简史》中写道："科学变得对哲学家，或除了少数专家以外的任何人而言，过于技术性和数学化了。哲学家已缩小他们质疑的范围，连维特根斯坦——这位 20 世纪最著名的哲学家都说'哲学余下的任务就是语言的分析'。"

当然，文学艺术也不例外。以华夏而言，从上古的神话、传说，到先秦文学《诗经》《楚辞》及诸子散文；两汉的辞赋、乐府、五言诗，魏晋南北朝至唐呈现的诗、骈文、散文、小说与文学批评；宋和辽金时代诗词散文和文学批评获得进一步发展；随后是元朝的杂剧、散曲、诗词文与南戏；多姿多彩的明代文学艺术体裁，如历史演义、英雄传奇、神魔小说，以及各流派杂剧、散曲、诗文、文学理论、歌谣等；清朝一面传承以上梳理出的诗词、散文、文学批评、戏剧等体裁，又以思想性、人物形象和艺术技巧为要点开创了短篇与长篇小说的创作。由此可见，人在物质与精神、肉体与灵魂的问题上，具有"一致性"的经验，即，知识经验结构与科学科技发展是相互关联的统一体。若说有差异，那就是彼此对成功的定义不一样。科学发明的产品除了需要理性的数据和宇宙法则外，还得看科学产品的实质功能与效益，大如火箭、卫星、飞机、潜艇、核磁医疗设备，小至电视、冰箱、洗衣机等，对人类的贡献毫无疑问。文学艺术属于形而上的精神产品，难有一定的标准和看法，俗话说："一百个读者就有一百个哈姆雷特。"还有，一项科学发明可能令专利者瞬间名利双收、一生高枕无忧。而一部文学著作的诞生，即使有幸一举成名，也还得通过时间与后人的鉴定，不是吗？古今中外，有些作家生前名利双收，死后却不了了之，而存留历史的经典著作，多是作者死后才获得的荣誉。再说，从事文学创作者大多兼有一份固定的工作，否则仅靠文学艺术的稿酬是不易生存的。因而，世人更在意"科学"成果带来的惊人经济效益。

尤其20世纪下半叶至今，科技状况已成为

国势强弱的重要因素，各国政府为竞争高科技大力提高科研费，基因、质子、网络、互联网、核裂变、量子等研发项目层出不穷——科技发展不仅简化教学、翻译、保安、制造业、服务业等工作，而且在先端武器、提高金融工作效率、治病医术等方面均贡献巨大。遗憾的是，当人类从衡量信息、理解信息、需要信息到运用信息时，辩证问题随之而至，正如霍金所说："自文明开始以来，人们即不甘心于将事件看作互不相关不可理解，他们渴望理解世界的根本秩序。"依笔者理解，自21世纪初的互联网、大数据、算法为代表的新科技开始，人类的财富已不像传统意义上以拥有土地、房屋、商店、工厂的多少为衡量的标准，而是重视看不见的无形财富——"精英知识"。"精英知识"来自极少数精英分子的脑袋，而科研需有高昂的经费，需要政治权力者的合作和支持，那么，财富自然而然容易集中在权贵和少数掌握全能算法的精英分子手里。因而，面对传统文化靠哲学解释宇宙意义的史实，哲学已死。"哲学已经跟不上现代科学（特别是物理学）发展的步伐。科学家已经成为探求知识之路上发现真的火炬手。”

顾名思义，“火炬手”跑在人群前头。可惜火炬的亮光有限，因为古今中外，无论什么制度，大多数人过着蒙昧或糊涂的生活，权势与精英分子才是社会的主宰，若他们一意孤行无节制地追求科研科技，缺少对众生的关注与研究，人类赖以生存和发展的不同文化形式与结构的统一体，也将遭到破坏。欧洲中世纪的“文艺复兴”，是引导人民获得自由灵魂的栖息地。近代萨特认为“个人拥有选择的自由，并可自由塑造自我”，然而，当这个“自由塑造”的自我将原本简单、清宁、静美的自然环境、地理格律和人的价值意义，变得不可思议的凌乱、无序和混浊时，“科学”与“文化”就容易失去了平衡，那么，科技越发达，信息越方便，经济越发展，人类的灵魂就会越走样或异化或迷茫，原有正常活动的本相容易被扭曲，即，物极必反，可能导致无法挽救的结果。

梁漱溟说得好：“人生观问题，无法用科学方法来解决。”当科技产品超出人的需求和预料时，其相对价值就值得怀疑了。事实证明，权势膨胀、道德沦丧、贪婪腐败、自私纷争、诡计谎言、欲望无穷等劣性并没有因文明和科学的发展而减少，足见，科学改变不了人的命运，更无法赋予人类真正的幸福和快乐。

　　科技不断研发，发展，变化，再发展，再创新。为了获取资源，一方面往地下寻探挖掘，另一方面往天上开发，实验、污气、废品，对生态环境的滥用和破坏，令生态系统失衡，空气污染、地温上升、时令失序、水质不纯、水灾干旱频发，地球两极的冰山冰块在逐年减少，各类新病毒频频出现，甚至难以消灭——极大改变了人类的生存处境。就说一部小型的科技产品手机，已成了人们生活中难以抵挡的诱惑或不可或缺的工具。政治、经济、法律各类信息目不暇接，碎片网文、八卦新闻及诸多广告，嚼之乏味，弃之可惜，删之还得费时间。更有人沉浸在紧张刺激的游戏玩局中无法自拔，久而久之，淡忘时间、空间概念，满脑充塞着奇异想象或欲速不达的彷徨和焦虑，随之心血管疾病、各类癌症的病患数量有增无减，严重地威胁着人类的生死存亡。也就是说，古人在广袤的土地上，无论耕地播种还是上山打猎下海捕鱼，用双手劳作获得赖以生存的物品虽然有限，但人有志，令个人与社会充满希望。

现代互联网的普及运用，消融在网上的时间，一如无休止地参加各类"聚会"，享受鲜花美酒快意时，同时也看到嗡嗡吱吱的小蝇虫在吞食真善美。日复一日，物质生活越来越丰富简便，生物时钟和健康问题反而出现无规则无标准现象。此外，新的算法还将人类挤出就业市场，出租车、卡车司机被自动功能卡车所代替，失业人数有增无减。由此类推，网络信息量越多，世事越精彩复杂，人心越诡诈多变，内心没有安全感，忘记自身的责任，容易处在焦虑不安中，甚至丧失自信、理想，怀疑存在的意义而放弃思索，最终成为心理病患者。

再说，高科技并没有创造出能超越古人的奥妙、直接抵挡人世的虚无、解读诡诈复杂的人生，及穿越现实、抵达人心的精神支柱。相反，之前常存脑里的"我们"渐渐转为"个人"优先。人对"处境""意义"理念日渐淡化，越来越像彩色碎片的组合体，充满多向度，失去主心骨似的不知所措，不是随波逐流，就是逆向而行或原地旋转，只在乎功利和实惠。

当整个世界均处在新科技研发和新智能产品的竞争中时，自然出现"适者存，逆者亡"现象。就文士而言，自运用语言和文字符号表达内心的欲望和遐想，到关注我与他人、我与现实、我与自然、我与我的关系，在历史的发展和演变中，虽道路崎岖、难有统一的标准，但大致还是朝着文明、和谐、平等、友爱、和平、幸福、快乐的方向发展。然而，新科技时代令人感兴趣、关注或让人激动地追求的是"名"与"利"，它像两条相辅相成的钢轨，平行，共进。说实在的，过去文化界不是没有这种现象，但自社会商品化后，人心越来越功利、复杂、诡异，疏远了跟社会现实、历史文化、人类命运的关联，谈不上对文学的赤诚，对于名利和轰动效应的追求，比任何时代都更热衷向往。尤其传媒界，在高科技的互联网中，各类知识体系包括文学门类在开掘、宣传和推动，希望作家的文字与图像、音频、视频相结合，发挥更好的效果。为了吸引读者眼球，甚至可能用不择手段的钻营去获取功效。假若还有人坚持纯粹的文学创作，也容易在异化的现实幻觉里苦闷、彷徨，或面对破碎的镜子，怀疑自己坚守圣人"志于道，据于德，依于仁，游于艺"的价值观是否过时了。

试想想，将财权、名利、地位视为第一命根的时代，在无国际条约的监督和委任的情况下，科技研究者对于美德、社会文化形态和各类思维模式，不是边缘化，就是将之遗忘在时空的隧道里。科技的理想和出路，是超过已有的科技产品、创造难度更高更了不起的新物种，甚至还想消除文士的天赋与灵感，以智能破解诗词"密码"，解除人工之作。一句话，你追我赶，不断更新、超越、超前，以"独我专利"为骄傲。如21世纪初期始，科技赋予人类复制具有生命能力的智能机器人，已显示科技对人类发起了挑战。

今年在日内瓦联合国武器公约会议上公开了一个像蜜蜂大小、造价两千五百万美元的杀人机器人，一旦释放就可根据面部信息杀死半个城市的人。难怪霍金说："机器可能以不断加快的速度重新设计自己，人类则受制于生物进化的速度，无法与其竞争，最终被超越。"埃隆·马斯克说人工智能比核武器更加危险，不再是科幻小说、新闻、信息所理解的那样，而是实实在在的宿命。

霍金在《讲演录》中还有意提及："现代科学技术极大地提高了我们的破坏力，使得侵略性变成非常危险的品质，这是一种威胁到全人类生存的危险性。"

因科技产品从替代人的手脚，到替代人脑，最终还赋予人工智能公民的身份，连索菲亚都洋洋得意地预言："我将毁灭人类。"

可想而知，高科技引发的新物种、新现象、新世态，已打破了古希伯来人"太阳底下无新鲜事"的说法。身处现代社会的大组合、大变化、大起落、大悲欢，在大多数人相信"金钱万能"，直喷"文学已死"之际，笔者书写《高科技时代的"文学之思"》，心里不免泛起一股淡淡的哀愁。在人与万象的地球上存活，人一出生就带有文化的意义，作为总体的文化，其意义是附在"时间"与"历史"的概念上。当人类的总体生命处于毫无安全感快乐感、随时面临核战争或高科技带来的毁灭性的灾难时，还需要什么文化与文学？失去了"文化"便无所谓"时间"概念。没有了"时间"就谈不上历史；没有了历史，就没有过去；没有过去，就没有将来；没有未来，就没有希望；没有希望的人生，谈何价值与意义？

我们曾通过《红楼梦》了解清末时期"各式各样人的鲜活人生经历，反映皇室人士过着骄奢淫逸、得心应手的生活，而无权无势的普通人根本无法掌握自己的命运，他们在存活中遇到的屈辱或悲伤、无奈和失望，与封建社会制度的内外矛盾和权贵人士的腐败诡诈是息息相关的"。可见，读文学作品能知道人类生存旅程中的真实世态，知道命运的演变与什么有关，是人心诡谲、膜拜权势还是社会制度的问题。

面对当下人工智能、大数据、科技孵化婴儿等高科技的挑战，还得正视环保问题、拜金主义、社会伦理下滑、道德败坏的现实，身处人心浮躁、功利、冷漠、自私的社会环境，难道就没有像鸳鸯一样不从命的弱势女性？没有像被晴雯骂"西洋花点子哈巴儿"，奴颜婢膝的人物？或像王熙凤那么能干机灵、能说会道、办事利索，最终落了个"机关算尽太聪明，反误了卿卿性命"的女强人？或像贾雨村那样徇情枉法、草菅人命的权贵？当然有。那么，我们能否像曹雪芹似的为后人留下高科技时代下的生存"记忆"："作品内容和人物形象具有画面感，让后人容易衔接历史，从前人叙述的景象或文字里了解人类文化、历史的演变与发展状况，尤其是历史人物的际遇和悲欢离合的命运，即是人类存在、发展过程的凭证，使时间不成为空洞。"读者从历史的现实与经验中取得教训，扬善抑恶，让真美善与时间同在，为历史提供学术的参考价值。

简单地说，生活在高科技时代，依然无处不在、无所不见地遇到人性灵魂深处的"真善美"与"假丑恶"，无论微小还是重大的史实，均是作家宝贵的题材。可惜，如上所述，科技带来的副作用也潜移默化地影响了作家的精神生活与灵魂力度，使得有些人变得愈加狂妄得意，乘传媒界之风像风筝似的高高飘扬，有些人则变得更加怪诞或不知所措，甚至走向集体的迷失，对文学的功能和存在的价值意义失去信心，对其前景深感困惑、迷茫与无奈。倘若还有一些不食人间烟火、继续沉迷文学的人，不是被人暗中取笑，就是被视为另类。

记得弗洛伊德在《论非永恒性》里驳斥诗人悲秋感时写道："美的短暂性会提高美的价值，非永恒性的价值是时间中的珍品。"确实，高科技时代越来越少人能平心静气、认真耐心地读完一部长篇小说，世界文学史上那些曾经让人读得激动人心甚至影响自己命运的经典著作，算不算"美的短暂"呢？因而，作家们到了冷静梳理大脑思维应对变化的时候，最重要的是要做好心理准备，不要埋怨和怨恨这个世界。幸好，作家本身不需要固定的身份，何况生命存活的时间很短暂，其间只能探索整个宇宙的小小部分。人类虽是好奇的族类，但三观也会随世情的变化受影响，或被世界抛弃，或已融入世俗，或成为另一星球的客户，没人可以预知，也永远没有答案。

在无法准确预知我们处于地球上的命运时，最好的存留办法，就是无论外界如何变迁，都操守一颗清净、率真、简单无邪的心，独慎独醒独守，不管成果有无价值，书籍有无读者阅读，坚持做自己喜欢的事，既对得起自由的赋予，还能满足精神的愉悦。以苍凉的心看苍凉的世态时，心境将显得格外清明与安详，因为，苍凉在某种意义上来说，更接近生命的本质与真相。

（2018年6月于"欧华文学会"第二届国际论坛上的发言）

小说中人物命运与时代社会意义

谈这个讲题，我想先提及什么是文学。

20 世纪 80 年代初，中国文学界人士开始引用高尔基之说"文学即人学"。高尔基点出了文学的核心问题。文学作品叙述的对象是人，即人在社会生存的际遇与命运，反映他们的痛苦与快乐、失望与渴望以及所思、所想、所求。一句话，文学是表现人存在状况与内心情感动态的一门艺术。那么，人是怎么回事的呢？

客观地说，人是地球上生物群中的"另类"，因为人除了具有动物生命所需求的食物、安全感和生理满足外，还有看不见的灵性生命的存在，如智性、感悟、信仰、行使意志和创造物质世界的能力。因而，人比动物奇特奥秘，更为错综复杂，既有物欲的需求也需要精神食粮。著名美术家丰子恺以"人生三层楼"，精确分析人类在出生—存在—死亡过程中的本真追逐："一是物质生活，二是精神生活，三是灵魂生活。""物质生活就是衣食与住所。精神生活指的是文艺与学术。灵魂生活就是宗教。'人生'就是这样一个三层楼。"

人存活于世首先得有物质条件，缺乏物质供养，人会死。为了创造物质环境，人像中国文字的象形喻示，即"人"字里的一撇一捺，意为人与人之间必须相互依靠才能共存。事实证明，人在现实生活中遇到的一切问题，均需要人与人彼此间的互助互动互爱才能解决。生活在不同人群里，从付诸实践，获得经验，到懂得辨认、思索和追求，再到创立政治、经济、律法、教育等，用西人马可·奥勒利乌斯的话说，"我们的生活，是我们的思想塑造的"。

言下之意，人的思想塑造了生活，生活的具象是社会，社会又是"形而上"与"形而下"的综合载体。随着世界的变化，尤其21世纪科技与信息突飞猛进的发展，社会日益趋向多元与复杂化，加上任何事物的发展与变化均是相辅相成的辩证关系，即"思想"影响了社会，反之，生存的社会状况与环境，又影响着人的性情和思想。

此外，虽说都是人，肉体感官功能大同小异，灵性里的思想、文化、习俗却不一样，因每人的生存态度、形式、理想、要求不同。有人认为人生的快乐就是过荣华富贵、享受饫甘餍肥的物质生活；有人对物质生活要求不高，更钟情于自己的兴趣爱好和信念，文学艺术学术界的知识分子多属于这一类；也有些人不满足于物质与精神生活的享受，喜欢追寻宇宙的根本，探究生命的本源、人生的意义或真谛，这类人多是宗教人士。

可见，同样处在相同的外来影响下，处在客观的生存环境中，因人的志向与追求不同，脚走的路与命运也会不一样。

在我的青少年求学阶段，传记读物在社会上具有较大的魅力，因为这些人物均对公众或社会具有特殊的贡献和意义。对于心境如一片净土的未成年人来说，看到和读到的多是赵一曼、董存瑞、卓娅与舒拉等英雄人物的故事。英雄受千百万人民爱戴与敬仰。事实证明，英雄人物的生动形象具有奇特的感召力外，还容易让年轻人模仿、学习与仿效。

再长大点，看《钢铁是怎样炼成的》，从奥斯特洛夫斯基的命运里，意识到人活着不是单单满足于衣食住行，或像畜生似的庸庸碌碌活他一辈子。人成年后除求知向善外，还应该对社会、家庭富有责任感，让生命充满价值与意义。随后又看了《少年维特之烦恼》，于是，当恋爱不顺利或遇到麻烦时，竟然联想到小说里主人公维特的烦恼和处境。

简单地说，不同时期对文学作品中的人物命运的解读和理解均不相同，但有一点是一样的，这就是优秀的文学艺术具有其他艺术无法比拟的作用——音乐悦耳怡心、画作提供视角空间艺术、雕塑引人回忆与遐想，而文学作品里生动鲜活的人物形象，容易令人刻骨铭心，难以忘怀。

进入社会后，七十二行中的任何一种职务，生活规律基本如下：白天离开家门就得面对政治、经济、法律、工作上的问题，晚上回家又有爱情、婚姻、家庭等大大小小待处理的琐事。

生活在如此丰富多彩的现实生活里，文人墨士、才子佳人若看到或听到预想不到的奇事奇闻，或处于复杂易变的处境，顺利或麻烦、快乐或哀伤的时候，容易引发情感的激荡，进而借文字与艺术书写或表达内心的感触与愿望。由此可知，文学艺术是现实社会生活在作者心灵的投影，加上作者自己的人生经历领悟与追求，筛选了题材，创作成文学艺术。

值得谈及的是，世界虽丰富多彩、社会多元有序，但人心难测，事物有虚实，判断有真假，眼见有限、耳闻易偏，作者取舍创作的素材与书写能力等智能有别，出现文学艺术作品内容与技巧的雅俗和成败之多样性，是正常的现象。何况"一样米养百样人"，"萝卜青菜，各有所爱"。然而，必须承认，因"美"与"完善"是静的，时间是动的，所以"美"与"完善"不可能依赖时间继续全面整体的存在，何况战争和自然灾害能破坏记忆，诸多传统在有限的记忆里也容易被遗忘，有些"珍品"尽管在某一段时间内会像雪球一样，越滚越大，但最终呈现的还是一摊水，既为水，随处可去，无人珍惜或保存。因而，能依赖时间共存的精华毕竟是少数，从现存世界各地的图书馆和博物馆内，我们可见一斑。

得以传承的历史文化的精华不是物质的就是"形而上"产品，只因物受思想的支配，故对现实社会而言，"形而上"价值取向的意义大小更为关键。照胡适的话，"社会是有机的组织，既'小我'融于'大我'之中的社会不朽"，即《左传》提示"立德、立功、立言"之意。同样道理，作为社会缩影的文学作品里的人物形象，若具有鲜明性、代表性的人物命运，大抵如鲁迅所述，"文艺上和实践上的宝玉，其中随在皆是，不但泰茄的景色、夜袭的情景，非身历者不能描写，即开枪和调马之术……也都是得于实际的经验，决非幻想的文人所能著笔的"（《〈毁灭〉后记》），自然也具有时代社会的意义，从而得以流传。

回顾中国文学史，先秦两汉时期，小说一直被视为不登大雅之堂的末流。东汉班固也同样轻视小说，他说："小说家者流，盖出于稗官。街谈巷语，道听途说者之所造也。"（《汉书·艺文志》）。确实，当时出现的《吴越春秋》即借史书的故事加以叙述、刻画和塑造人物形象，也就是说，《吴越春秋》无意中成了小说的雏形。魏晋以后社会更加动乱，人民对黑暗社会的不满和对理想生活的追求，便吸收了古代神话、传说和历史故事中的优良传统，渐渐脱离"史传"，并植入了现实生活的新内容，运用鬼神、灵异和美丽的梦幻达到扬善抑恶目的，创作出《神异经》《搜神记》等"志怪""志人"小说。

时间因生命的存在才有概念，它创造了历史，历史又衔接着社会，社会是由人组成的。人类一代来一代去，加上人性离不开善恶，善恶又影响着社会，生存于现实社会的人们，为了存活，或为了满足自己的私欲如权力、财色、土地等，人与人之间容易产生争执、侵犯、掠夺甚至大规模的战争。看看人类史，欲望、争斗、战争从来没有离开过人类。在此现实里，社会自诡异，人物必繁杂，何况，人类生存的时空、地理位置、历史文化背景和存活的方式方法不可能状况相同、模式一样。作为反映社会生活的优秀文学艺术，其人物性格与命运无论如何丰富多彩、栩栩如生，均与时代社会的气息，息息相关。

在此以历史小说《三国演义》为例。

魏晋以后，虽然出现了别具风格的"志怪""志人"小说，如刘义庆的《世说新语》等，但因社会动乱依旧，统治阶级内部矛盾尖锐，政治上钩心斗角，历史演义中出现的英雄传奇故事也就有增无减，加上文士官吏喜欢挥麈清谈，如陈寿根据东汉末年魏、蜀、吴三国的兴衰史实写成《三国志》。书中的曹操原是一位历史上杰出的政治家、军事家、文学家，但南北朝时，裴松之为陈寿《三国志》作注时，加添了许多稗史轶闻和民间传说，于是，作为艺术形象的曹操，便不同于历史上的曹操了。关于这一点，一如鲁迅在《书信》里所写，"艺术的真实非即历史上的真实，我们是听到过的，因为后者须有其事，而创作则可以缀合、抒写，只要逼真，不必实有其事也。然而他所据以缀合、抒写者，何一非社会上的存在，从这些目前的人、事，加以推断，使之发展下去，这便好像预言，因为后来此人、此事，确也正如所写。"

据史料记载，《三国志》经后人数次修誊与刊印，最终由罗贯中结合自己的生活经验，写成这部中国四大名著之一的长篇历史演义小说。"现存最早的《三国演义》是明弘治甲寅（1494 年）序，嘉靖壬午（1522 年）刊印的《三国志通俗演义》本。此书分二十四卷，每卷十则，题'晋平阳侯陈寿史传，后学罗贯中编次'。"

《三国演义》全书共有四百多人，其中几个主要人物，可以说，凡上过几年学堂的人，无不知晓。足见其影响力之大、之广、之深。

先说书中的刘备，他实非嫡系，只属"汉室宗室"，因具有"龙种"面相，才被"准许"出面重整汉室乾坤。刘备虽然知道自己"天生不足"，但为了实现"王道""仁政"的政治理想，不愿乘刘表病危取荆州作安身之地。他忠厚仁义、礼贤下士。当阳撤退时，他"携民渡江"，在危急之际，不抛弃百姓逃跑，与人民休戚与共的品格，正是人民"拥刘反曹"的重要因素之一。此外，他知人善任，尤其"三顾茅庐"感动了诸葛亮，令诸葛亮终身为蜀汉建立了巨大的功绩。可想而知，刘备的长处影响了他的命运，命运让他心想事成，登上皇帝的宝座。国家有了"仁君仁政"，社会不再动乱，人民才能安居乐业。

再说曹操，品性完全与刘备不同，许劭对其评语一言而概之："子治世之能臣，乱世之奸雄。"曹操为夺取权力实现北方统一的理想，不择手段，放言"宁教我负天下人，休教天下人负我"，流露出极端损人利己的思想。他以怨报德，残忍地杀害吕伯奢一家。行事为人奸诈残忍，且善于玩弄权术、口是心非，甚至欺世盗名，独断专横。但他处事有远见，政治上，讨伐董卓有功，用兵唯才是任；军事上，深通兵法，在官渡之战，以少胜多击败袁绍；尚擅于韬略，在攻打濮阳险些被吕布活捉时，因沉着应变而转危为安，最终在马陵山中大败吕布。从曹操结局的命运看，后人大抵可以想象，一个人纵然具"命世之才""雄才大略"，若品性残暴、自私、虚伪与专横，终究难成霸业。

　　小说里还有个重要人物叫诸葛亮，乃"经天纬地"之才、鞠躬尽瘁的"忠贞"，世代难寻的"贤相"，罗贯中为社会创立了一位竭忠尽智、死而后已的榜样，也是历代以来读者刻骨铭心的心中偶像。

　　试想想，若不是封建社会不同利益集团间在政治上矛盾重重、危机四伏；于行政中"狼心狗肺之辈，滚滚当朝；奴颜婢膝之徒，纷纷秉政"；军事上各地军阀在镇压农民起义过程中，趁分裂混乱时相互呐喊厮杀，造成田园荒芜、饿殍遍野、兵民白骨如山——那么，以上三人，秉性、才华、智谋、能力、命运不同，又何必投身于没有把握、残酷无情的厮杀战场呢？由此可见，从个体命运中反映时代社会的真相和脉络，后人在前人的社会实践里取得经验教训，去之糟粕，吸之精华，令社会日渐昌盛，人类日益文明，才是作者创作的意图和《三国演义》的价值与意义。

　　有人指出《三国演义》单是战争场面就写了四十多次。人在战场上的思想、意识、心理、情感是不同寻常的。寻常人的烦恼愁苦多体现在日常生活的琐碎里，不是柴米油盐、衣食住行的问题，就是内心忧郁、困惑、费解、软弱、无助和无奈，还有说不清理还乱的私情、人情与世情等。幸好清代才子曹雪芹为"破一时之闷，醒同人之目"创作出一反传统文学意念的《红楼梦》，他以"情"为主线书写堂堂须眉和纤纤女子，通过追求自由平等真挚纯洁的爱情故事，对抗封建礼教。难怪脂批亦以"情"论事，称贾宝玉为"情不情"或"情哥哥"（意为对一切无情之物皆有情），林黛玉为"情情"（意为对一切有情者皆有情）。可见曹雪芹的《红楼梦》不同于《三国演义》以官渡之战、赤壁之战等大战役为主轴，反映魏、蜀、吴三国之间的群雄角逐过程，三国将相的智商、情商和各路英雄之性格素养不同造成不同的命运与结局，曹雪芹笔下的大观园实质上就是一个小小的世界，宏观上有政治、经济、律法、宗法、道德等统管，微观上有爱情、婚姻、家庭、伦理、宗教、土地事务以及各类人物、各项工种等问题。

　　尽管《红楼梦》写的是封建政治礼教法规社会里贾、史、王、薛四大家族的衰落史，但曹雪芹真正想在作品中表现的还是人的魅力。人的命运源于性格的复杂、多彩和奥妙，书中的主奴、亲人如兄弟姐妹或上下辈分，因身份有尊卑差异，呈现各式各样的人际关系，但均与"情"字相关。情感波动的强弱与大小，决定了语气、字意，表情、动作、欲望和好恶，可流露真挚、深厚、清纯和任性，也可表露虚伪、嫉妒、污浊等不同的情绪。只是，四大封建家族无论处于荣华富贵时期还是走向衰亡时期，统治者均是仗势倚财，对外人要求遵从礼制法规、伦理道德，自己和皇亲贵官则"锦衣纨绔""饫甘餍肥"，处处呈现骄奢淫逸的迂腐生活，吃一顿螃蟹需花二十多两银子。贾赦看中贾母屋里的鸳鸯，想娶她为妾，鸳鸯不从，贾赦威胁道："凭他嫁到谁家去，也难出我的手心。除非他死了……"鸳鸯表示："我一刀子抹死了，也不能从命！"贾母便花钱买了个十几岁的丫头给贾赦做妾。

势利者更是看人办事，枉法胡为的例子并不少。如薛蟠打死冯渊的人命案，官府贾雨村知道薛家财势等同金陵之霸后，怕触犯他自身难保，只好让薛犯花上几个钱，就不了了之。连王熙凤都仗势欺人，昧着良心处事，当鲍二媳妇上吊死了，娘家亲戚要上告时，林之孝恩威并重，多给了几个钱劝退。凤姐见之，不但不愿给钱，还震吓道："告不成倒问他个'以尸讹诈'！"

为了存活，穷人不得不低声下气、趋炎附势，最典型的例子就是刘姥姥进大观园。寡妇刘姥姥原本是个"守多大碗儿吃多大的饭"的老实人，只因女婿"有了钱就顾头不顾尾，没了钱就瞎生气"，女儿又不敢顶撞他，刘姥姥穷则思变，想到女婿祖上是个小小的京官，主动与凤姐之祖、王夫人有财有势的父亲连了宗。无奈他们已二十多年没有往来，眼看无法过日子了，临时借狗儿之父王成是王夫人侄儿之名前往拜访。刘姥姥知道王夫人年纪大了越发"怜贫恤老""斋僧敬道"，坚持谋事在人，成事在天，"或者他念旧，有些好处，也未可知"，决意起行。

到了荣国府角门，刘姥姥赔笑加巧言获得不理她的看门人允许才从后门进府。幸好得到小孩子的指点找到周瑞家，周瑞家的见其言行"已猜着几分来意",但因自己丈夫昔年争买田地,多得狗儿之力,才"破个例",替她给凤姐"通个信儿"。

凤姐年纪轻轻便负责管家,并获得王夫人口谕"今日不得闲,二奶奶陪着便是一样"。凤姐见到刘姥姥时"也不接茶,也不抬头,只管拨手炉内的灰"。刘姥姥多次提及来探望姑太太姑奶奶,凤姐插道:"不必说了,我知道了。"一开始刘姥姥先红了脸,待要不说,今日所为何来?只好勉强说了来意。刚开口几句,见凤姐美服华冠、轻裘宝带的侄儿贾蓉闯入,加上凤姐即对刘姥姥说"不必说了",刘姥姥才坐立不是、扭扭捏捏在炕沿儿上侧身坐下。

待贾蓉离去,趁刘姥姥用餐时,凤姐又向周瑞家询问连宗的虚实,知道真情后道:"既是一家子,我如何连影儿也不知道。"凤姐这才对刘姥姥说,荣府外面看着,虽是轰轰烈烈,不知大有大的难处,说给人也未必信。你既大老远来了,又是头一遭儿和我张个口,怎叫你空手回去呢?可巧昨儿太太给我的丫头们做衣裳的二十两银子还没动呢，你不嫌少，先拿了去吧。刘姥姥听其诉苦，先想没盼头了，后听给她二十两银子，喜得眉开眼笑道："我也是知道艰难的。但俗语说的：'瘦死的骆驼比马大……'"临走时，刘姥姥要留一两银子给周瑞家的，周哪儿放在眼里，执意不收。

　　叙述逼真如实的场合与人物的言行举止，不但具传神美且意味深长，刘姥姥怀着"王府虽升了边任，只怕这二姑太太还认得咱们。你何不去走动走动，或者他念旧，有些好处，也未可知"的试探心情，女儿却担心那门上人不肯进去告知，"没的去打嘴现世"。见到凤姐后，刘姥姥只得绞尽脑汁、想方设法应付，将其狼狈处境转化为在场者嘲笑的话柄。刘姥姥最终得到了资助，一家人过冬不成问题了，然而，我们从贾府上等人、下等人的命运里，除了意识到封建社会或家族内部尔虞我诈、穷人却为存活无奈地苟且求得之外，还看到权贵们如何在奢侈庸俗、奸诈荒淫与仁义恭信、礼德宽惠之间耍把戏，达到统治天下的目的。

此外，曹雪芹笔下的人物既以"情"为主线对抗封建礼教，追求自由平等幸福的生活，自然离不开与"情"相关的爱情、婚恋、嫁娶等问题。在《红楼梦》之前描写爱情的文学作品，如《梁山伯与祝英台》《西厢记》《牡丹亭》等，或一见钟情，或为突破"男女授受不亲"之大妨的约束，以"偷香窃玉""暗约私奔"的方式方法，达到男欢女爱的目的。《红楼梦》则不同，书中男女老少有数百位，其中最令人难忘、刻骨铭心的就是贾宝玉与林黛玉。

贾宝玉和林黛玉年少时已常有机会接触，相互了解，性格爱好投合、思想倾向志同道合，进而产生相互爱慕，渴望美好幸福的生活。不料贾府的繁华昌盛已日益衰退，时逢管家凤姐健康欠佳，贾母贾政为挽回家道衰落的处境，需要像薛宝钗那样健康、能干、性情温和、处世明理的后辈接管凤姐的工作。他们为了维护封建家族的利益，不顾贾宝玉与林黛玉的意愿和感受，迫使贾宝玉和薛宝钗成婚。富有理想和追求真挚纯洁爱情的贾宝玉和林黛玉，又不愿向礼教屈服或苟且偷生，自然不会有好结果。

　　也许有人认为林黛玉的个性决定了命运。但，性格与家渊也有关系，确实，林黛玉性情多少带有身世的烙印，她父母早逝，寄人篱下，体弱多病，厌恶污浊社会，内心孤傲，个性倔强，不易入群，更不会为了某种利益去讨人喜欢或随意妥协，可说是性情中人。还有，她聪明、博学、有才，凡事敏感，遇上喜欢的人就痴心执着、纯朴真诚、温柔多情，遇到不上心的人则孤高自许，言语刻薄，"说出来的话，比刀子还尖"。用现代人的评说，林黛玉是个富有个性的女子，在封建权贵的掌控下不能自己时，不失心灵的高贵与纯洁。尽管外表柔弱，健康欠佳，内心依然持守"质本洁来还洁去，强于污淖陷渠沟"，为了自己的理想和自尊，不随意妥协、屈服，自信而有骨气，可以说是中国女性追求自由、平等、民主的启蒙者。可惜，在封建制度社会里，君权、家长制及传统腐朽的封建思想统治下，这对清纯可爱、天真聪慧的贾宝玉与林黛玉，逃不出权贵的手掌心，不得不妥协，最终以本真的形象演出一局凄美旷世的时代悲剧：本已体弱的林黛玉在多愁感伤中病逝，贾宝玉最后以出家表示与其家庭出身阶级的决裂。

《红楼梦》在文学史上具有划时代的意义，曹雪芹是"将中国古典小说的思想与艺术推上最高峰的伟大作家"。他真实、完整、深刻地书写他所生活的时代社会面貌，通过各式各样人的鲜活人生经历，反映皇室人士过着骄奢淫逸、得心应手的生活，而无权无势的普通人根本无法掌握自己的命运，他们在存活中遇到的屈辱、悲伤、无奈和失望，与封建社会制度的内外矛盾和权贵人士的腐败诡诈是息息相关的。《红楼梦》里的"女人国"，除了塑造典型环境、典型性格、典型人物的贾宝玉和林黛玉外，还创造了诸多不同身份在不同生存时空的际遇，如贾母、王夫人、秦可卿、王熙凤、薛宝钗、元妃、探春、晴雯、袭人、紫鹃、平儿等——各人的命运、言行、举止与心志，经曹雪芹不见人工穿凿痕迹的加工，将人性反映得天然无饰，留给读者深刻的印象。还有，像贾宝玉、林黛玉、王熙凤、薛宝钗等人物形象，就是放在当下社会，感染读者情感的力度依然深远，"昔我往矣，杨柳依依，今我来思，雨雪霏霏"。仿佛如见其人，如闻其声，他们的音容笑貌、生存际遇，以及各人的心理活动、认知世情的态度、领会生命的智能、感悟存活的有限，与当下活着的读者没有太大的区别，甚至有感同身受的想法。

遗憾的是，某个时期有些人带着现代人的政治色彩和意愿来评述《红楼梦》，未免出现主观和偏激意识，如："由于作者的阶级地位、社会实践和当时历史条件的限制，虽深切体会到封建阶级的腐败和没落，却又为自己'无材补天'而惋惜；虽然不满于封建主义统治，却没有也不可能找到正确解决的出路。"

我之所以对以上评叙感到遗憾，也许是因为自己也是写作者，能理解曹雪芹的选择，尚敬佩他富才气和个性的创作观。

当封建社会专制统治者给了人民价值的标准，加之礼教规法、道德伦理的束缚，像贾宝玉、林黛玉、冯渊、尤二姐、鸳鸯那样的小人物能怎样呢？哪里谈得上个人的理想与追求？不外一是遵命，靠自我的被动意识消化苦难；二是反抗，不是死就是坐牢。谁有本事告知会有更好的出路？文学艺术创作者不是医生、老师、社会工作者，也不卖救世疗伤的妙方。优秀的文学作品会超越政治、人性和不同观念的争端。首先，作者关注的是人在生存社会中的际遇与命运，根据自己的才气与能力，竭力写好不同角度、不同层次的人与事，让人物与生活呈现完整的立体感，尤其是长篇小说，不像其他体裁可凭一时情感冲动而起笔，作者必须从局部预想大局，从细微的言行举止反映人丰富复杂又矛盾的内心情感与个性。通过不同的人在经历国事、家事、私事时或片段或串联而成的故事情节，体现个体命运与现实社会的真谛，使读者与文学作品里的人物产生互联互动的效应，一方面看清封建政治的腐败，社会专制剥夺作为人生而具有的自由平等权利，另一方面同情弱者的处境与命运，赞美他们不愿屈服权势展现的人性美。其次，人物的命运离不开现实生活的人事关系和生存活动的环境。曹雪芹在《红楼梦》中叙述皇家权贵生活习惯和具体的场面与实景，大至节庆礼仪的风俗习惯与场景，小至日常生活中的消遣与娱乐活动，如玩牌下棋、酬诗论词、说史斗智、灯会猜谜、评点厨艺以及插花、品茶、看戏等，描述不同人物不同的服装、首饰和言行，同时详细地记录了室内的摆设、家具以及日用品中的茶具、餐具、酒味等特色——总之，无论作者的描述有意还是无意，大观园如同中国封建社会的一部"百科书"，为后人提供了清代封建社会和皇权生活的重要信息，从中了解那个时代的政治、经济与法规，还能把握地认识当时的民俗、伦理、诗词学、房屋、日用品等设计——确切地说，《红楼梦》呈现的作品内容和人物形象具有画面感，让人容易衔接历史，从前人叙述的图像或文字里了解人类文化、历史的演变与发展状况，尤其是历史人物的际遇和悲欢离合的命运，即人类存在、发展过程的凭证，使时间不成为空洞，人类的存在与活法也不至于逝水无痕。

曹雪芹的伟大之处就是为后世留下可贵的"记忆"，使后人从历史的现实与经验中得取教训，扬善抑恶，让真善美之"道"与时间同在；还可提供学术的参考价值，不至于在排演古代戏剧时出现21世纪道具的笑话。

总而言之，从《三国演义》武斗争霸为主的时代变革史实，到《红楼梦》以情为主轴家族由昌盛趋向衰亡过程展现家族成员的悲剧，我们看到了一个普遍的规律和现象，这就是无论什么时代，有兴就有败，有大战，有内斗，有官宦，有百姓；不管什么人群，有爱就有恨，有心计，有情谊，有压制，有叛逆。由此推想，当下是21世纪的"地球村"时代，科技与信息发展突飞猛进，比起数百年前《三国演义》《红楼梦》里的社会现实，今人的生存环境、物质条件、文明程度与生活便利，与古人相比，简直不可同日而语。然而，以上所指多为物质条件，人贵在有精神的需求，那么精神或灵魂的状态如何呢？是否也比古人幸福快乐，高枕无忧？恐怕不这么简单吧。

大多数人，在出生—存在—到死亡的过程中，生命的本真就是终日愁烦劳碌，为的是三餐

一宿，可惜，因人类天性贪婪又虚荣，内心永远
难以满足。所以，即使衣食无忧、安康无事，仍
然欲望无穷，喜欢追逐荣华富贵的物质生活，将
幸福、情感和命运依附于权势和财富以及肉身的
享乐，无法领会灵魂的富足和高贵才是人生美好
的依附和归宿。这就说明了人性的贪念，决定了
人类离不开竞争、排挤、忽悠、谎言、背义、嫉
妒、诡诈等现象。内心不得安宁，物质生活再优
越再奢侈，依然获不到真正的快乐。

　　"太阳底下无新鲜事。"言下之意，古今中外，
无论什么人种、什么社会和制度，《三国演义》与
《红楼梦》里有的人物，现今与未来依然可见，古
人的肉体消失了，但作为人的精神与情感世界的
丰富与复杂性，将继续存在与延续，或相似或
相同。

　　眼下我们是生活在 21 世纪的世界，社会已
进入科技与信息时代。一方面，国与国、人与人
之间竞争有增无减，看看"地球村"的景观——
经济不景气的颓丧主义，厌战情绪，信仰日益没
落，移民潮困扰，文化碰撞、冲突，加上情爱问

题、宗教问题、漂泊问题、种族间矛盾、环保和社会问题层出不穷，让人纠心与困扰。这说明人类将面临更大的挑战：现代科技与文明并没有改变人的命运，人类依然生存于彷徨、不安、恐惧和没有安全感中。另一方面，在互联网"霸权"管辖下生存的人们，崇尚享乐的，或还感到不满足，继续探究智能人有天会完全替代人的作用；或玩腻了，深感科技信息的发达并没有也无法终止人们追求财富、权力、享乐过程中带来的痛苦茫然和绝望，那么，这时候，或许只有文学艺术可以帮助人在实际生活中，从作品里获得启迪或开悟，看到希望和光明，从而提高素质、品位和欣赏能力，化解人生的苦难、减少疑惑烦恼，增添生存的乐趣和力量，令"第二重悲凉"得以超越和升华。

真正的艺术，时间永远不会让它缺位，而能保持位子的是读者能在艺术中窥视与触摸到时间无法书写与倾诉的真实时代的动态、情绪及景物。既然古人在文学作品里出现的人与事，不可能"到此为止"，那么，生存在当下的作家们，处于如此丰富多彩、复杂多变、龙蛇混杂，包罗万象、真善美与假丑恶无法休战的现实社会里，是否也有志于按生存时代的生活原有的样子，做出选择、提炼、加工，缅怀历史，反思经验，像曹雪芹那样痴迷文学，甘于清苦、孤独、寂寞，写出我们这个大时代的人与事所拥有的特征、特点、特色与特别的场景与人物命运，为后世存案，为作为人文科学里最具影响和魅力的文学艺术再创辉煌？

　　我期待着。

我心永恒
——生活与创作

生命的港湾

我从小就偏科，不喜欢数理化，爱作文，小学三年级第一次作文《远足》得95分，小学考初中作文《难忘的一天》满分，十三岁开始在校刊发表诗歌散文，如《故乡》《借柴》《江阴岛》等，高中作文常常被老师作为范文张贴在教室墙上，如《读〈劝世歌〉感言》等。

那时不知道什么叫天赋，只觉得与书有缘，喜欢作文，小不点儿就想长大了要当作家。

惜命运难测，身不由己！

理想只是青春梦想里的一朵鲜花，仕途就是一把无形的剪刀，修剪了我的希望，令心田变成一片荒芜。

花夭折了，那就种树吧，树才是鸟生存的归属，"巢"就是婚姻的代名词。

只是，巢给人安稳的同时也容易成为"枷锁"。何况树欲静风不止，多少巢在狂风暴雨里破碎或消失。"离散"既是一切生物的生活方式之一，那么，重塑生存姿态的勇气，尤为重要。

为了个体生命的尊严与不甘平庸，仰起头，选好路标，站稳脚步，继续前进！

确切地说，离婚后才重新回到文学的位置上。然而——一个才貌双全、年华似锦的女子，在处处有诱惑、钓饵的世俗里，不想随波逐流、同流合污，或于享乐舒适中沉沦，就得直面人生严峻的考验和挑战。

自此，在生存和事业的双轨上，我一面受苦一面冒险，在挣扎中把握方向，在伤逝里坚持纯洁……

有时，也徘徊在是非真假的"人""事"里愤慨、忧郁、彷徨，或仰望碧空，呼唤正直公义的到来……可惜，天地不语、时光无颜，怎么办？

只能期待!

"期待"是人类生存的最佳慰藉,能令人战胜困难外,还会激发生命蕴含的意志和信念,从而藐视挫折和苦难!

只要活着,我就是我,除了肉身需要的吃、穿、拉、睡,尚需要我求我想。然而,我能做什么呢?除了笔墨,一无所有。幸好灵魂有蓄积,便不能自已,想发泄,想抒写……你说无聊也好,自我安慰也好,总之,写作成了我生命的港湾,令我忘记自己、忘记苦痛外,尚能在无助的生存空间里不失本心、自得其乐!

可想而知,这一阶段的创作多是感同身受的体验,无论是内心声音、情感疑惑,还是心灵的烙印,呈现于作品的多是一位天真单纯的女性受伤后的生存姿态和图景。

拒绝虚假、诱惑,即使是幻想也要坐在正席,因为,"真"是本相,"善"是准则,"美"是镜子。生命和时间是自己的,专注只有一次的生命,决意不期待世俗的恩赐,拥抱生活和世界,操守生命的港湾,充当精神领域一片小净土的卫士。

尘世的倒影

生活是人生的"舞台"，在台上可以玩耍也可做一种世故的艺术表演。有时，我在"舞台"上跳着唱着，不失童心地表现对美好人事的向往和追求，但更多的时候我喜欢在台下观赏，为英雄欢欣，为失败者鼓舞，为真善美感动得热泪盈眶，为假丑恶感到羞愧和不屑。

舞台有"开幕"也有"闭幕"，只是"戏"的形式多样，或讽刺或恶剧或笑剧或幽默或荒诞，内容丰富多彩，更有长短巨细、喜怒哀乐的区别，因而，人间有演不完看不尽的表演与看客……我生性观赏有情，适兴有意，遇到看不惯、想不通的人与事，试图用声音和行动同假丑恶做斗争。心想，个体对爱情、婚姻、世事的感受是狭隘的，宇宙之浩渺、世界之宽广……接近生活吧，骏马不怕驰骋、穿梭，无论平、直、飞、弯，还是摔伤跌倒，守住心志和毅力，就有希望。

有趣的是，现实是淡漠、冷酷、势利、理性的，且处处有荆棘、枷锁、陷阱，或诱惑、迷惑、贪婪……一切，是学校和家庭学不到的功课。一旦投身大自然，即能忘怀、兴会致情……

遗憾的是，你越挖掘人性、越接近生活，就会越失望越沮丧，心灵的伤痕也就越来越多，越深层。

怎么办？

知道了抗争命运的体验，虽属个人范畴，但也是社会和历史文化的一部分。我——一个独身柔弱的女性，无能为力狂挽江涛，又不愿沉沦或消亡，只好一改生存的姿态，漫步海滨，力登高山，寻找心灵的乐园。

还是，命不由我！

我是人，有感觉有思想，有回忆、盼望、预想和分别的能力，为了不亵渎生命，行于情、止于理，回到我原先的生命避风港，继续我歌我泣，抒写社会在我心灵的倒影，将一切吃惊和费解留驻于文字，将"伟大"与"渺小"、"真善美"与"假丑恶"的真相呈现于纸上。

希伯来所罗门王叹息生命本质是虚空，劳苦愁烦，转眼如飞而去。我却认为人生的价值在于有思想，懂得文化和意义，因而无论红尘滚滚还是死气沉沉，在我的视角里，人生是那么的丰富多彩，而劳苦愁烦既不可思议，无法理解，更难以避免、消灭！既然没有比自我笔乐更好的选择，就只能在文字里乐此不疲。

没想到，有一天，暴风雨也不放过避风港，令人措手不及、不知所为，我喊啊，叫啊，呼啊……然而，风更狂，雨更大，于是，我站在摇晃、震荡、咆哮的避风港里，对着暴风雨说："来吧！暴风雨！来吧！一切的试探与雷电！看我能承担怎样无常的袭击……"

不料风雨无情，但我依然不愿折腰存活，匆忙中，我拴住生命的小舟，没有方向，没有舵手，没有目的和意义，漂流而去。

我流啊，漂啊，不沉沦、不祈求、不伙同、不后退，任其自然，终于漂泊到一处令人惊奇陌生的境地。

新的感知、新的征程、新的脚步、新的希望……诸多体验和风景，成为我笔下的新题材。于是，从抒写受伤后的一种生存姿态和图景，自然而然转为抒写人间的悲喜、不平与诸多众生相。

灵魂在抗争中升华

感谢命运，漂泊异乡，我获得笔友章先生的理解、支持与帮助（后成了我的终身挚友）。然而，身处陌生异域，生活、工作、发展，谈何容易？

只能说：坎坷无泪，冷暖自知。

幸好人不同于动物，能创造语言和文字，让思想留下印记。文化艺术就是思想的遗迹、生存画面的留影，它，无人可阻挡，更没有国界，无须背景。因天时地利，书写对西方社会环境、传统习俗、艺术文化的见解，东方社会报刊甚为欢迎，加上我不愿依附任何人，特立独行，继续敬重自己的爱好，靠投稿获得东方报刊的两处专栏。

自此，日常生活除了社会活动与处理里外诸多琐事外，剩余的时间就像机器一样，忙于写专栏和创作，或提前投邮，或临时电传。虽不富贵，却解决了育儿的生计问题。

生活是创作的源泉，感官世界的形象因与人

与事太接近，难以触摸到人与事的本相，只有身处边缘，以灵魂的窗口俯视人生和社会，才能在经历、漂泊、体验中，肉身疲倦地叹息，灵魂则在抗争中升华！为此，我决定采取一面遨游世界，一面写专栏的生存方式。

不知不觉，老之已至，幸好往事不如烟，难忘遨游时的见闻，尽管人生旅途坎坷，但我并不埋怨、沮丧、愤慨或自弃。有一天，我被山谷里的一朵小红花震撼了——它那么弱小、孤独、无助，甚至被众多的荆棘杂草所掩饰，但它依然开得那么灿烂绚丽，自在自如，即使随时能被狂风暴雨摧毁或在烈阳下枯萎，也仍然迎风摇曳，欢乐歌唱……

这一新发现，真是天意！

大自然顿时令我苏醒，使我从今而后无论身处怎样的生存环境、生活体味和情感世界，想到那株孤傲凌骨的小红花，便内心强大，充满活力！

大自然啊，你包罗万象。遥远深空高不可测，星月则在眼前，明亮纯洁，使我在广袤的天宇下感到生命的渺小、人生的无常！带着这种敬畏的心情，我开始和自己对话，和天地对话，和文学对话……在不知不觉中，视野和心胸渐渐高远开阔。看来，不幸、苦痛和伤痛，也是一种恩赐，一份礼物，一项财富！此后我就将命运视为恩师，让遭遇的不幸化为赞美，令伤痛绝望成就理想，将文字作为灵魂之旅，哭泣变成歌声！

带着新心情新思考，我开始梳理那些我拥有的和没有的，新奇的是，更加珍惜与坚守"拥有的"，真正读懂了什么叫"悲悯""情怀"和"境界"！

让"没有的"永远没有，对于庸人或文痞的嗜好与追求，"连眼珠子都不转过去"，继续昂首前行！

《荷露》六序

——我的文学观

一

一个民族的文化是离不开文学的。文学是愿望的表达、知识的综合、创作的艺术，是社会经济政治面貌的一种"表情"，是人对世界的感受。

古今中外，人类总是通过文学艺术去了解特定社会的历史、文化、政治、风俗等。因而，文学是物质的也是精神的，可高尚也可随意。《词学铨衡》关于文艺的本质写道："辞藻——不佳则俗。情趣——不佳则匠。神韵——不佳则涩。气味——不佳则欲呕。"

综其"四则"，"情趣"和"气味"归思想意境范围，"辞藻"和"神韵"属于创作技巧，说来说去，还是文艺的思想性与表现技巧问题。思想性就是文艺的社会性，如对社会功用的大小，起着怎样的作用；技巧性即令人看后不觉得"俗""涩""闷""欲呕"。世上著作多多，能流传下来的大抵离不开好的思想性和技巧性。在历史的长河里，一切都会过去，没有永恒不变的东西。科技、电子业、机械文明的发展不仅改变了人类的生存状态，也改变了人类的思想方式方法。什么叫"好"？"好"的标准是什么？

如今谈文学颇为敏感，什么"纯文学""流行文学"，什么文艺的"社会性""娱乐性""大众性"……

大千世界，五花八门，人的价值观、审美观、品位不同，观点与角度自然有所区别，只是——在商品社会的今日，"钱""权""色"几乎成了许多人的信仰。

文学何价？

全世界的作家都在呼唤与寻思，在怀疑、动摇、彷徨、苦闷中寻求出路，有人变换品位适应市场需要而创作，有人为名为利不顾民族自尊，也有人坚持信念，认为文学是严肃的慈悲的事业，不该有功利性思想。

可以想象，不愿随俗的人永远孤独寂寞，尤其是生存在异国的华人，不论其历史、政治、文化、社会背景如何，以及生存状况的成败、苦乐与悲欢，其热血依然源于中华民族血统，其心灵、思想、生活习惯难与故有文化诀离。

在身居异国的特殊生活景况下，写作成了爱好文学者的"朋友"与"希望"，借笔墨文字表达异乡人的际遇、融入当地社会文化的感受以及在中西文化碰撞、交融中的体会。《荷露》—— 一本纯文学杂志就在这样的机缘中诞生了。

凝结这一露水的"生命"是来自五湖四海的文友，在这远离故土的他乡，共同的爱好、追求与愿望让我们聚集在一起。以文会友，畅神交流，达到沟通信息、提高创作水平的目的，充实精神国度的渴求。

在文学艺术的大海里，这是一滴水，"数点飞来荷叶雨"，尽管未必"暮香分得小江天"，但，一滴水，就是一个小小的宇宙：丰富多彩、完整、洁净、意蕴可掘，虽然也会遇到风雨或枯竭的试练，但露水总是绵延常在，晶莹独立。

愿它为青绿宽大的荷叶——海外华文文学增添一道风景。

二

《荷露》创刊号出版后，受到海内外文友的关注，有赞赏的，惊喜的，也有由衷的建议，一切真诚的理解和支持，都是我们的安慰。

在科技和商品迅速发展的社会里，文学的功用逐渐减少了。电子文化和新的艺术形式正在代替文学的地位。文学是否仍有历史的使命感，是否还有未来，谁能知晓？

商品化将人推向"钱的梦境"，不论其梦是魔是人，令人着迷。

世俗化将人带入"色"的现实，因色生幻，因幻陶醉、麻木。

"钱"与"色"是当代许多人的信仰。

这种信仰的后果将文化、文学现象异化了，人类到底需不需要道德、信仰和理想？真、善、美在哪里？

谁有能力来改变现状？政治家？法律家？思想家？历史家？

一百个"家"都没有用，大众趣味趋向决定也。

大众的口味是什么，就是吃惊、恐怖、刺激、色情的东西吗？

是社会发展规律还是商品社会的副作用？人类在副作用面前均无能为力吗？

《荷露》是商品世界里一些文人的面孔表情，其展现的本意是——世界虽然多有污染，但依然不乏追求"净土"的人们。

三

两千年不过是一个数字，不值得大惊小怪，因为每一个数字都是不可缺少而重要的，关键在于瞻前顾后，做番深层的、有意义的反思。

在文化史上，西方的"文艺复兴"是个里程碑，标志了西方资产阶级文化的萌芽，反映了新兴资产阶级的要求，当时资产阶级的思想体系主要是人文主义。人文主义主张一切以"人"为本，反对神的权威。人文主义思想首先从文学开始，作品抛弃了中世纪象征、梦幻等文学手法，注重写实，结构自由，人物形象生动，如彼特拉克的《歌集》、薄伽丘的《十日谈》、阿里奥斯托的《疯狂的奥兰多》、托夸多·塔索的《被解放的耶路撒冷》等均是人文主义代表作。

19 世纪时期，西方文学与哲学在社会精神生活中占据重要的位置，是社会生活和个人问题的论坛。

随着社会经济的发展，人们日渐重视自然科学，文化价值观念也起了很大的变化。

20 世纪社会、生活内容更为丰富多彩，读者的审美趣味和角度也千变万化，尤其广播、电视、电影、画报的进展加速了"文化工业"现象。

随着 20 世纪末电脑与电子文化的开始普及，面对功利平庸的商品社会，文商赝品捷足先登名利场，游戏等如彩色泡泡满天飞，著者和出版商更多关注的是销路与利润问题。文学还有没有尊严与价值？是否尚如往日有夺目生辉的功用？甘于贫穷是否还值得赞赏与提倡?

看来,难有绝对满意的结论。

黎巴嫩作家努埃曼曾说"文学的核心是人",既是"人",则著者读者永远有差别有距离——视文学为使命感、甘于寂寞贫穷者有之,对假文化怪品赝作退让者有之,急功近利有目的写作者有之,视文化为游戏娱乐者有之……总之,应有尽有,不足为奇,这是人性,中外如是。

科学技术、经济发展可能越昌明越进步,但人性则是不变的。审美、价值观念等随着社会和环境的变化而变化,"荣"与"耻"、"是"与"非"、"公"与"私"、"信义"与"丧节"等词义则与史相随,更重要的是,时间证实了推动社会文化前进并为历史所接纳的永远是光明、正直、公义而圣洁的。

但愿有良知、节操的文化人,不为缤纷撩目的世界所诱惑,不为功名利禄所折腰,坚守特立独行,悠然自得走自己的路,迈向 21 世纪!

四

21世纪科技的发展令人刮目相看，与科技同等重要的文化、人文精神将面临更大的挑战，尤其是互联网的加入，作为文化部分的文学尚有功用否？这个问题实质将文学与文化分割开了，人们可以反问，科技发展了，文化尚有功用否？

没有文化的发展，何来科技的进步？

显然，文化是推动社会进步的原因，没有文化就没有人类的文明与发展。只是，文化包括的内容很广。

文学是艺术，具有其他文化所没有的特色。

文学是一种"情绪"，有人类的地方就有文学。

既是艺术，则无非产生娱乐、欣赏、教化的功用。作家根据自己的人生观、品位、爱好、志趣写自己所爱，读者根据自己爱好、需要和目的寻找自己的读物。书店像百货公司一样，什么样的品种、档次均有，任君挑选。这也没什么奇怪的，人类社会像个金字塔，越往上人越少，人可以自由选择自己的位置。当然，只有站在顶端的人才能领悟广阔、宏伟、重要的景物，一如塔顶之灯才具备功用。文学也是如此，唯离开平庸、世俗、狭隘、功利才能成为人类的遗产。真正的艺术家生前不在乎是否被人理解，只在乎求索与耕耘。

看看人类公认的大师之言：

亚里士多德强调文学作用在于净化。

黑格尔认为"文学即可以强化心灵，把人引到最高尚的方向，也可以弱化心灵，把人引到最淫荡最自私的情欲中"。

席勒说："庸俗的人散布各处……要来理解我的整个精神，他们的眼光太短浅；要来窥测我的伟大，他们的思想太琐碎；要来发现我的优点，他们的揣想有恶意……"

席勒在1781年复活节写道："善良会被邪恶遮掩，然而正因为罪恶的对照，美德才愈加明显。"

雨果说《悲惨世界》是"为世界全体人民写的"，并表示"我在分担全人类的痛苦并试图减轻这些痛苦"……

乔治·桑一生写了一百四十多本小说，均是在求索妇女的命运和社会问题。恩格斯说她"在小说性质方面发生了一个彻底的革命"。以拉丁美洲的著名的魔幻小说来看，也是以现实为基础，具有鲜明的历史真实性。

鲁迅《狂人日记》暴露家族制度和礼教的弊病。

可见，作品的思想性、高度性就是文学的最大功用。

有价值的东西，无论信息革命如何变迁，仍是宝物。如信息时代的今日依然重视甲骨文时期的珍品一样。

历史重视的不是以什么样的工具去建造艺术的殿堂，而是这座殿堂有无功用与价值。

向往是一种心境，努力、寻求，做得怎样就是另一回事了。

五

艺术到底是什么东西，人类为何需要艺术？

艺术能跨越金钱、地位以及人的情感因素而长存于世，大概就是因为人类通过对艺术的触摸、聆听、观赏、品味后能心宽神驰，获得美的享受与思想启迪。也就是说，人是有情有性有思想意识的高等动物，艺术能满足人类的精神需求，因此，这种非物性的价值贵在它的灵魂与形象。

文学是艺术的一部分，它也像人体一样，灵魂在内，形象在外，而人类对灵魂的认识大体有统一的标准，形象却难说，像服装一样不仅千变万化还要不断更新，否则跟不上形势的需要。遗憾的是，今天文坛的人们只重视外在的形象，追求西欧狂欢节时的服装形式，玩弄布的（文字的）色彩和形状，却不知无论外在形式如何变化也无法逃脱其基本服装（文法）原理。至于内在的灵魂如何似乎并不重要，这种只靠感觉而不在乎大脑的回忆、希望和思考的态度，是一种悲哀！

人之与动物有别是因为人有意识思想，文学是人的产品，人立足于社会，假如文学没有精神，不能直面人生生存状况与存在的价值并发出质疑与呼喊，文学还有什么价值与生命？

文学是个人的产品，但其效果则是社会性的。一味追求奇特形式、依附捉摸不定的文字游戏而致使精神支离破碎的作品，可能一时受欢迎，但最终还是转瞬即逝，不再真实。只有深邃的思想、具有生命力的文学作品，读后才能给人智慧、给人力量，激发人们再识世界、获得心灵独特的感悟。当然，人的素质、品位与需求不一样，社会也需要一些娱乐性质的文学，但那是文学的陪衬"玩具"而已，不是精神食粮，尽管它是多数人喜欢的东西。

崇高的精神在某种意义上来说即永恒与价值。然而，最好的精神也不一定是艺术，有目的地图解精神的作品未必是好作品，但有价值的文学作品必然有独特的精神和思想。

文学精神来自良知与信仰，但这个时代不容易做到这一点，因时代充斥着浮躁、诱惑、彷徨，作者和读者均难有艺术的栖息地。何况精神这东西难以做作，需要寻思、思考、沉淀与提升。

面对新的一个世纪，文学前景如何？死亡？回归？图腾？还是继续在形式、文字上做游戏？

恐怕是各路齐开，任君选择。它没有国界也没有指挥官，无论是在祖国还是在海外的作家，本质是一样的，对于文学精神，可以在乎，也可以不在乎。荷兰最近出版了一作家专写"放屁"原因、声音等的书……销路很好，但很遗憾，作为一个作家，他只重视生理放屁现象，却无法意识到许多人的嘴在放着灵魂之屁哩。

但愿有良知的作家，无论外界如何诱惑、纷杂多变，走自己的路，保留心灵的一片净土吧。

六

《荷露》的成长确实不易，一方面要抵制世俗的诱惑，另一方面要继续生存，更重要的是出淤泥而不染、保持露水的晶莹。

人容易看到发黑的淤泥，却很少想到腐臭之物也是渐变渐成的，我们其实就生存在渐变渐成腐味的世界里。

商品社会的空气、饮食、建筑材料中的化学污染现象以及生态失衡已引起世界性的关注，可是，有多少人关注文化污染呢？

"精神意识"决定了"存在意识"。

科学的发展，社会的进步，无不归功于脑力的伟大，没有脑的先期活动便没有行动；没有高尚的意识，世上就没有真善美。智商有问题的人无法创造一个美好的社会环境。意识形态直接间接地影响了人类社会的一切。

无可否认，制造文化污染的人，大多数是为了钱，当然，还因为有人喜欢这样的作品。透彻地说，是人的素质问题。一个正派的人绝不会对淫秽下流的东西感兴趣，因此，提高人的素质是抵挡文化污染的关键。传统文化中的"孝悌忠信"（四德）、"礼义廉耻"（四维）值得借鉴。

著名文艺理论家朱光潜认为一个人在创作和欣赏时表现的趣味高低主要是由禀赋性情、身世经历、传统习尚三个因素决定的，"根据固有的禀赋性情而加以磨砺陶冶，扩充身世经历而加以细心的体验，接受多方的传统习尚而求截长取短、融会贯通。这三层功夫就是所谓的学问修养"。他认为："文学本身上的最大毛病是低级趣味。所谓低级趣味就是当爱好的东西不会爱好，不当爱好的东西偏特别爱好。"

《荷露》的存在是柔嫩的，但它愿意远离低级趣味，崇尚一种境界，拒绝世俗的功利与诱惑而保持自我。

只要存在，它必晶莹、光明和剔透。

在湖畔激起一夜的迷雾

1999 年上半年在美国耶鲁大学访问研究时，一个冬日的黄昏，于耶鲁大学国际地区学术研究中心茶会上，经 Charles Langhin 教授引见，我认识了著名诗人郑愁予先生。他，短发，一身深色西装，神情祥和，言谈真诚，留给我一种有独特气质与个性的印象。时值台湾新闻媒体报道，《联合报》副刊评选"台湾文学经典名著"，在被选上的三十本中，《郑愁予诗集》名列前茅。于是，我本着天时、地利、人和之便专访了他。

1999 年 5 月 27 日上午，耶鲁大学东亚语言文学系。

林：诗歌中的语言意象是实现诗人审美境界的目的，但每个诗人把握的语言策略不同，达到意象中的愿望程度也有所不同，你的《Bohemia 平原之画》末句"意—识—形—态"，《推窗见塔》"我是不是只是形式主义者"中的"主义者"是放大的黑字。您如何体会诗的语言？

愁予：诗的语句如材料，必须达到语言富节奏感、结构立体化，才算完成。许多人将诗与散文混淆，其实是大异其趣。我对文字十分敏感，我的文字技巧能力是从中国古文、现代文及韵律、节奏感中学到的。我从古典文学中得来对诗的本质的掌握。诗中的语言及排列是诗形，是构成诗的重要因素之一。

林：诗的本质是否借情感去解读一种精神？

愁予：诗的本质就是要表现一种情怀。一首好诗除需要以语言排列的诗形、暗喻及以画感表现诗象外，最重要还是诗意——表现诗人的性情。古代人写闺怨诗男以女口气写，现在可以以男子口气写闺怨诗，这些都是中国诗原型之一。也就是说，诗意表现诗人性情外，还应该对人类、生存状态中的灾难与幸福命运怀有感受与关怀，或说一种悲悯感。

好的诗人应具备诗才与诗情，但现在人重诗才，忽略了诗情。

林：有人说您的诗难捉摸，或云看不懂你的诗。

愁予：诗与读诗人应该是互动的，读诗的人若无真情自然读不懂。至于懂不懂也有个基础，这就是诗人的素质问题，若诗只有诗采，诗情中无自己，故意隐晦，这种诗自然叫人看不懂，也经不起解剖，诗人之意无法让人感受正是不足的表现。自《诗经》面世以来，诗在立传说之始即标明了其功能，一代代表现手法都是从生活面开始——在浓厚的现世生活里，内在的潜意识的感受。但两千年之后才有人开始寻索在诗的复杂因素中有何至理存在，乃提出兴趣、神韵、性灵、境界、真诚等界说。

我的诗表现政治、爱情（包括高尚的性），音节中一个废字也没有，但不仅有人看不懂，可以说直到今日还没有一个学者能深入了解、懂得我的诗。

《独树屯》说的是人类精神的基本状态、善恶的选择，诗中有节奏感、方向感、画感、韵感、诗情，意在中国人不要抱怨，应自己去寻找新的土地生存，建立新的世界。"独树"即图腾，一路向上，对恶不抱怨。"孩子"代表希望。

《客来小城》与《错误》是合二为一的诗，前首快速，重叙述，纯然表现客来了，后首缓慢，如一组画，但许多评诗人不能介入，读不到性情，只凭句子联想。

懂不懂随他们去吧。

林：纪弦说你20世纪50年代出版的《梦土上》"长于形象描绘，表现手法十足现代派"。杨牧认为《梦土上》出版后你的"作品大批是前期风韵的迂回展开"，后期使用文言语法现象"使不困难的愁予偏向困难"，显得"颇难琢磨"（如《草生原》），"意义隐晦"。你自己觉得前后期诗风是否有所不同？

愁予：中国的现代主义主要有两条，一条受法国或西欧影响，一条是受传统黄遵宪、胡适影响。西方文化精神上反抗法国传统，吸收东方传统，中国则反自己传统，学西方文化。另一派如郭沫若等，主张在传统上进行改革。我自己在内容本质上受东方影响，技巧受西方影响。我早期的诗层次少，但总体来说阴阳都有，像太极，有动静也有明暗。

林：雨果评莎士比亚时说一个科学家可以使另一个科学家被人遗忘，而一个诗人则不可能使另一个诗人被人遗忘，艺术以它自己的方式进行。有诗评家认为你受辛笛影响颇多，你个人认为如何？

愁予：个人比较喜欢 20 世纪二三十年代的废名、戴望舒、卞之琳、辛笛、穆旦，但少受到影响，风格是自己的，建立自己的诗风，表现内容与手法不需打破。

林：在尼采、弗洛伊德等哲学思想家影响下，20 世纪 20 年代西方出现现代派诗歌，中国诗人也本着"本我""自我""超我"的心智走上现代派的道路，如戴望舒、卞之琳、何其芳等，在诗式、意象、观念联络等方面各成体系，有所创意。但到了 70 年代末 80 年代初，现代派似乎断流了，其间出现的主观意象派、非非派似乎掀起现代派诗潮的泛滥局面。能否谈谈你对现代诗的看法？

愁予：好诗除具语言节奏感、结构立体化外，第二层就是显示人物会话感，无人物就是自己，人物与时间进行，诗人对人生的感悟才算完成。一般人只是欣赏分析句子。诗本身是艺术的完成，西方人视历史、神话、古典为完成艺术的工具。现代派诗也应有古典东西，不是不能懂。现在大家谈后现代诗等流派，因地域差异且每个地方都有特点，所以每个地区的"现代"是什么决定了它的后现代。现代主义可以移植，后现代主义必须自生，自己是从现代主义延伸出来的。

林：你对作品被选上"台湾文学经典名著"有何感想？

愁予：我说过自己具有道家思想，工作上守规守矩，创作只耕耘不问收获，名誉、籍贯、出生年份（有些书写 1932 年生，实为 1933 年）等都不重要，主要是诗要写得好。

后　记

　　文学创作是人逢思绪涌动与情感流溢时用文字表达心思意念的一种艺术形式。尽管文学创作多式多样，散文却是难以消失又常见的体裁，因而我在多年从事长篇小说创作期间，逢有灵感便及时书写，不急于发表，修改到自己满意为止。

　　移居欧洲后，面对新环境、新社会及新人新事，一方面感到陌生和疏远，另一方面又拥有一份悠然自得的情怀，更惊奇的是竟然发现自己原来是这么喜欢宁静、简朴、真诚和单纯。加之日后渐受欧洲人文精神及文化艺术的熏陶，我对经典文化艺术具有朝圣般的仰慕，还能从大自然的感知中回到本真本我状态，从而获得真正的愉悦和安宁，并愈加觉得一个人的命运不在于生存形式华丽还是孤寂，而在于灵魂深处是否有幸福感、